微光

青年批评家集丛

民间的诗学

杨位俭 著

上海文艺出版社
Shanghai Literature & Art Publishing House

"微光/青年批评家集丛"策划人语

金 理

在今天这样的时代里,尝试获取对于"文学批评"的共识,恐非易事。不过,既然我们的集丛以此为名义来召集,势必需要提出若干"嘤鸣求友"般的呼声——

首先,文学批评"能够凭借自身而独立存在"(弗莱:《批评的解剖》),其意义并不寄生于创作,批评与创作并肩而立,共同面对生机勃发的大千世界发言,"如共同追求一个理想的伴侣"——这个说法来自陈世骧先生对夏济安文学批评特质的理解:"他真是同感的走入作者的境界以内,深爱着作者的主题和用意,如共同追求一个理想的伴侣,为他计划如何是更好的途程,如何更丰足完美地达到目的。……他在这里不是在评论某一个人的作品,而是客观论列一般的现象,但是话尽管说的犀利俏皮,却决没有置身事外的风凉意,而处处是在关心的负责。"(陈世骧:《〈夏济安选集〉序》)

其次,在理性的赏鉴与评断之外,批评本身是一门艺术,拒绝陈词滥调,置身于"陌生"的文学作品中,置身于新鲜的具体事物中。文学批评应该是美的、创造的、目击本源,"语语都在目前"。

再次,诚如韦勒克的分疏:"'文学理论'是对文学原理、文学范畴、文学标准的研究;而对具体的文学作品的研究,则要么是'文学批评'(主要是静态的探讨),要么是'文学史'。"但他尤其强调这三种方法互为结合、彼此支持,无法想象"没有文学理论和文学史又怎能有文学批评"(韦勒克:《文学理论、文学批评和文学史》)。故而,凡在文学理论的阐释、文学史的建构方面有新发见的著述,均在本集丛收入之列。

丛书名中的"微光"二字,取自鲁迅给白莽诗集《孩儿塔》作序:"这是东方的微光,是林中的响箭,是冬末的萌芽,是进军的第一步……"借用"微光"大概表示两个意思:微光联系着新生的事物和谦逊的态度,本书是一套为青年学者开放的集丛;态度谦逊但也不自视为低,微光是黎明前刺破黑夜的第一束光,我们也寄望这套书能给近年来略显沉闷的学界带来希望。

此外,"微光"还让我们联想起加斯东·巴什拉笔下的"孤独烛火",联想起巴什拉在《烛之火》中描绘的一幅动人图画:遐想者凝视孤独烛火,这是知与诗、理性与想象的结合。"在所有的形象中,火苗的形象——无论是朴实的还是最细腻的,乖巧的还是狂乱的——载有诗的信息。一切火苗的遐想者都是灵感丰富的诗人。"(《烛之火·前言》)——在这一意义上,"微光"献给"一切火苗的遐想者"。

我们期待有更多志同道合的师友加盟后续的出版计划。最后,集丛出版得到上海文艺出版社陈征社长、毕胜社长前后两任社长及李伟长兄的鼎力支持,胡远行先生与林雅琳女史亦献策出力,尤其远行先生本是集丛策划者,但他甘居幕后不愿列名,这都是我们要特为致谢的。

目 录

当代文学民间研究的旧问题与新思考(代序) / 1

民间的诗学 / 1

地方性、国民性和共同体修辞 / 14

战争、新村与启蒙的界限 / 34

劳工何以神圣? / 52

生活空间与左翼想象 / 60

战时中国与乡土叙事 / 69

民族形式和传奇体的生成 / 76

现代的异乡 / 87

虚构与禁忌 / 103

乡土摩登:《朝阳沟》的理想、"时尚"和爱情 / 125

香草之恋与寂静之声 / 144

伦理危机与代际关系的未来 / 150

戴厚英的青年史书写 / 167

碎裂的镜子 / 182

新乡土写作"新"在何处 / 187

何以解乡愁：田园诗、思乡病与理想国 / 193

后记 / 211

当代文学民间研究的旧问题与新思考(代序)

这原是十多年前与王光东老师合作撰写的一篇文章,当时提出了民间研究的现状以及需要进一步思考的问题,而我博士毕业以来的研究也大多与这些问题的思考有关,恰好赶上金理兄组织"微光"批评丛书,有幸将这些体现研究和思考的文字整理出版,所以就将此篇文章稍加编订放在本书的开头,权作引言。

陈思和先生1990年代初开拓性地提出文学史写作中的民间问题和知识分子民间立场,不仅在中国现当代文学研究领域产生了深远的影响,而且对世纪之交思想文化领域的知识范式转换也具有重要的推动意义。在此基础上,民间审美、民间文化形态、民间隐形结构等一系列学术范畴的建立,突破了文学史叙述在知识分子/政治意识形态、传统/现代等二元结构上的局限,逐渐建立起多层面、动态的民间透视视角,丰富和发展了中国现当代文学的民间批评话语,拓展了文学研究的多维文化空间。我们提出民间的诗学,主要是区别于其他学科专注于现实或实体的民间社会的研究范式,努力探索形成文学的民间研究方法,比如探究民间性因素如何构成不同的审美表现形式、由民间文化到民间审美表现之间的符号性生产及象征意义的生成,以及文学对民间文化传统的形式继承及创造性转化等等。针对当时的研究现状,我们进一步提出了以下值得研究的新的问题和领域:

一、狂欢问题

中国文学"狂欢"概念的引入与巴赫金有紧密的关系,巴赫金将狂欢[1]定义为狂欢节似的庆祝、仪典和形式的总和,它在一定程度上反映出人类的原始制度和原始思维,狂欢节就是取消舞台以及演员和观众之间界限的一种游戏,以狂欢的方式体验生活。狂欢用来解释人类一般精神生活和叙事文学中的某些特殊现象包含这样两种情况:(一)对作为民俗的狂欢事象的形式表现。这些事象包括民间庙会、灯

---

[1] 巴赫金认为狂欢或者狂欢化作为特定的文化过程或体验对文化和文学具有重要意义:(1)它促成突破不同的体裁、不同的思想体系和风格之间的壁垒,消除文学要素之间的对立,使之获得开放性;(2)它作为人类特定的世界感受,帮助人们克服心理上的恐惧去完成与世界及他人的交往,同时在肯定"相对"状态的基础上去反对"偏向"、"秩序"和"权威"。

火赛会、婚丧嫁娶等仪式化的活动。关于巴赫金的狂欢理论能不能适用于解释中国文化或文学,钟敬文认为,在中国的社会史和文化史里面,的确存在着狂欢现象,像民间社火和迎神赛会,同世界性的狂欢活动,在一定程度上具有一致性,但是,中国的这些民间社火、赛会和庙会中的狂欢现象保存着宗教法术的性质,它们与现实的崇拜信仰,依然有着比较密切的关系。此外,它还带有民间娱乐、民间商业等种种其它因素,有的学者把它概括为"神、艺、货、祀"。不过,无论含有怎样混合的文化因素,其中那种与世界性的狂欢活动相似的精神内涵,在中国的民俗中是同样存在的。比方说,两者都是把社会现实里的一些事象颠倒了过来看,表现出对某种固定的秩序、制度和规范的大胆冲击和反抗。狂欢在人类的精神活动中是一种普遍性的存在,狂欢文化的突出意义,是在一种公众欢迎的表演中,暂时缓解了日常生活中的阶级和阶层之间的社会对抗,取消了男女两性之间的正统防范等等。[1]即使只是形式意义上的狂欢民俗表现,也隐含着双重世界建构的可能,作者在表现这些民俗的时候并无法完全控制它们自身所携带的民间意义;(二)狂欢作为主要的功能要素推动情节发展,从而与现实社会建立一种双重世界关系。以"丑角"为例,所谓"无丑不成戏",在中国传统的戏曲模式中,丑角的插科打诨对严肃的秩序具有颠覆性、替代(牺牲)性、媒介性三个主要的狂欢化功能。周扬在根据地

---

[1] 钟敬文:《略谈巴赫金的文学狂欢化思想》,《婪尾集》,新世界出版社,2002年第1版,第154页。

时期就提出过："在森严的封建社会秩序和等级面前,丑角是唯一可以自由行动,自由说话的人物,他或则喜笑怒骂,或则旁敲侧击,他貌似糊涂,实则清醒,他的戏谑和反话常常是对于上层人物和现存秩序的一种隐讳而尖刻的批判。"但是他认为在根据地文艺中,丑角应该逐渐取消或者变成需要被否定的人物,"只能用来表现新社会之破坏者,蠹虫""应该一律是工农兵和人民大众的形象,不应渗入小丑和反派角色""体现美妙的和谐"。[1]尽管根据地以来文艺总体上是朝这个方向发展的,但实际上在一些乡村叙事文本中,仍然还是保留了一些具有丑角功能的人物,不过这个丑角主要体现的还是情节串联、场景转换等形式功能,不能过度阐释。

二、英雄范型及叙事

在根据地(解放区)的传奇故事中,英雄已经占据了主角的位置,并具有一定的反抗威权统治的个性特征,这个时候的英雄传奇利用的主要是民间故事和旧通俗小说中的经验资源和想象方法,这种创作的路向一直延伸到"十七年"中出现的《林海雪原》《铁道游击队》《烈火金刚》等革命英雄题材小说,很多研究者已经发现当代英雄叙事对古典演义小说的形式模仿,但是还没有对这种叙事传统与民间神话想象的隐秘联系作出更有效的阐释。这些英雄范型有可能与民间神话原型发生联系,但并不能被称作神话,最多可以被理解成从现实主义、自然

---

[1] 周扬:《表现新的群众的时代——看了春节秧歌以后》,《解放日报》,1944年03月21日。

主义模式通向神话想象的过渡类型,英雄范型实际上代表着叙事文学在人的时代和神话时代之间转换类型,它通过神——人式的内部隐喻结构建立政治权力话语对民间深层意识的召唤。对具有这样特征的作品只能说它们具有某些神话元素或者渗透了一些神话思维,而不是整体上变成一种神话类型。传奇越接近神话,主人公的神祇属性就越多,仇敌也具有越多神话中的魔怪特征。[1]可以说,在民族文化土壤中长久积淀的对救世英雄的渴盼和民间道德理想构成了英雄传奇的无意识原型。民间英雄的浪漫传奇可以转换为教化式的历史叙事,英雄范型在政治秩序颠覆和重建的过程中就具有了政治教谕的功能。1990年代初的"匪行小说"也可以看作是英雄叙事的一种变异形式,但是其发生条件要更为复杂一些,"匪行小说"是新历史主义创作思潮和乡村理想主义的混合物,同时这一个路向也预示着文学的先锋性在市场化的文化氛围中逐渐向娱乐性和消费性转变的过程。

三、戏曲现代化与新民歌运动

在"样板戏"出现之前,戏曲"现代化"就已经得到了广泛的开展,1958年戏曲大跃进是各条战线"大跃进"的重头戏之一,当时在文艺界关于戏曲表演形式、反映的内容以及不同剧种的关系等方面的矛盾斗争相当复杂。就文学的角度而言,小说的改造在根据地和解放区就已基本完成,而电影、戏剧则上升为更主要的意识形态斗争领域,研究现

---

[1] [加]诺思罗普·弗莱:《批评的解剖》,百花文艺出版社,2006年1月第1版,第193、194、270页。

代戏必须尽可能还原建国初期的文艺生产体制和多元意识形态背景。"十七年"期间国家通过行政方式强令推行"戏曲表现现代生活",当然是从政权建设的角度出发来考虑政策导向的,但现代戏并不是横空出世,它所使用的戏曲语言、象征方式还是来自于原来的地方戏和民间想象资源,政治意识形态本质上所具有的想象性质决定了其产生的过程是通过与既存的普遍意识形态的形象和概念置换实现的。在20世纪中叶世界范围内同时出现过"将口语流传的乡村、工业歌曲记录下来并改编成新的作品来表演"的"组织复杂而影响普遍的民歌运动",[1]尽管不同国家的民歌样态千差万别,但是采撷口头创作资源,大规模地进行加工整理又是共通的现象,这究竟是偶然性的巧合,还是有着必然性的文化关联?颇值得我们深入探究。

四、民间语文

叶圣陶在《语文教育书简》中给"语文"的定义是:"口头为语,书面为文,文本于语。"上层社会有语文,民间也自有语文,有很多人往往只看到典籍和教科书中的语文,而忽视了作为更大的文化积淀存在民间语文形式——这种语文形式类似周作人提到的"俗语文",但所指要更为宽泛,方言、口语、民间文学的表述形式、口承文体等等都可以被纳入民间语文的考察范围。承载了民间丰富的口承文学遗产、风俗以及更深层次的地方性知识的民间语文是一个长期被忽略的巨大文化实

---

[1] [英]雷蒙·威廉斯:《关键词:文化与社会的词汇》,北京三联书店,2005年第1版,第187页。

存形式，它恰恰是一个民族最稳定的想象和表达资源，也是文化转型期能够为文学注入新生力量的主要途径。从新文学发生时期的白话文运动、歌谣征集活动，到1930、1940年代的通俗化运动，再到1950年代的新民歌运动，民间语文经验在20世纪汉语及汉语文学"主体性"建构中产生了最直接和最重要的作用。人类文学发展的历史表明，民间文学传统和民间想象、表述形式是近代小说形成的母胎和本原，民间语文对中国当代文学的发生学意义可以从小说篇章组织形态、象征和隐喻方式、方言特征、地域风格差异等不同的维度进行分析考察。民间语文相对而言更具有内在稳定性和历史传承性，它不仅仅是一种稳定的交流媒介形式，还对地方性或本土性的文化语境产生本质性的制约。结构主义的观点认为，文学作品本质上是关于语言的作品，它们的媒介就是它们的信息。政治文化对民间语文的筛选和改造会从方言文学的发展中体现出来，通过汉语文学的巨大变革及其背后的社会结构、主导性思潮变化的寻踪，进一步发掘叙事文本中存在的语码转换途径，会有助于理解当代文学的语文版图。

五、当代民间理论比较研究

从我们目前的研究来看，普罗普、诺斯罗普·弗莱、米·巴赫金、梅列金斯基、列维-斯特劳斯、恩斯特·卡西尔等国外学者在母题、原型、狂欢、神话诗学、结构人类学和符号形式哲学等方面的理论资源愈来愈广泛地应用在民间阐释和民间批评话语中，不加清理地套用西方的理论话语有取消本土文化经验的复杂性和独特性的危险，因此我们要特别警惕民间研究中过分依赖西方理论体系的倾向。我们认为,民间研究如果能够获得突破,"理论"发现固然会起重要的作用,但脚踏实地的、系统的文献梳理和经验研究工作更值得重视。不过,强调本土性、差异性和独特性,并不能取消人类文化的普遍关联。事实上,民间问题不仅仅是"本土的"和"民族的"问题,它同时也是一个世界性的问题,世界各国在民族形成和现代化过程中所产生的民间文化与通俗文化、大众文化、民族文化等等不同的形态定义之间的复杂关系,以及解决这些问题所积累的理论经验,也可以为我们理解民间文化在当代文化中的发生学意义、解决地方性和普遍性的内在紧张,提供有益的参照,从而加深对我们的本土历史和生存处境的理解认知。

当然,这些工作非一己之力可以完成,十多年过去了,学界同仁在这方面终于有了一些系统的成果。而回顾自己的研究历程,主要还是立足于经验研究的一些片段思考,乡土世界于我而言也还是生命经验和想象的主要来源,而民间则慢慢成为一种诗学的视野和方法。尽管如此,我仍然发现似乎总有一面沉重的"现实"之镜横在我与文学之间,而如"地之子"一般的灵动个性和诗性的潜力还没有在我的写作中充分释放出来,所以选择用"民间的诗学"作书名,也是表达自己对"自由自在"学术境界的向往和对自己的不断勉励。

民间的诗学

虽然距离陈思和教授提出文学研究的民间范畴已过去许多年,不过我仍然必须小心谨慎地处理民间这个语词的历史化和抽象化问题,其中的原因固然与民间这个语词本身的概念漂移有关,但更重要的则是因为有个声音一直在提醒我:支撑民间语词出场的那些重大关切至今不仅没有消隐,反而日益强烈。总结陈思和所提出的民间范畴,大概有以下三个值得注意的标示性问题指向或知识范式转型特征:

一、在转型期知识分子的多元价值取向中,陈思和析取了一种"岗位意识"(这可以算是后来"知识分子民间岗位"或"民间立场"的前身)。这个岗位之说并不能被专业知识分子/公共知识分子之类的区分所解释,而是在现代中国特定的文化语境和知识分子道义使命的直接关涉中凸现与庙堂、广场式行动逻辑的明显区别,在这里具有文化转向特征的庙堂、广场、民间的三分方式已经明确,而庙堂既为旧梦,广场也已显虚幻,[1]所以具有民间特征的岗位意识对知识分子而言似乎是一个未来可能的选项。在这个论述中,陈思和想确立"知识分子在民间"这样一种理想的学术人生路向,但是在当时特定的语境下,知识分子民间岗位/立场还是很容易被解读成反抗或逃避政治权力的一种方式,这种立场从一开始就处在两面夹击之中:如果是以文化权力(如所谓"文化领导权")的方式来反抗政治权力,则会强化权力逻辑的支配,使文化内涵很容易被政治修辞所同化,在这种情况下,知识(学术)的价值就不可避免地带有依附性和功利化色彩;而若以疏离于世俗权力的方式来维护知识(学术)的独立,则又会被指责为知识分子的主动逃避和自我贬黜,那么民间之于广场的路向优化似乎只是呈现在它的边缘性和知识分子的自省能力方面。很显然,这个岗位意识还应该具有更明晰的界定方式和价值指向。

在陈思和的岗位意识构成中,"我"首先是一个知识分子,只不过"我"更愿意做一个民间知识分子,这是文化转型期知识分子自我定位方式之一,它所针对的是知识分子自身身份的潜在焦虑。陈思和首先

---

[1] 陈思和,《论知识分子转型期的三种价值取向》,原载《上海文化》创刊号(1993年11月),参见《陈思和自选集》,广西师范大学出版社,1997年第1版,第178页。

对知识分子的社会责任与学术责任进行了拆分,"我以为一个知识分子应该分清自己的社会责任与学术责任。社会责任驱使我们对社会上发生的一些事件表明自己的态度,以人类的良心来抨击不义,促使社会进步;学术责任则要求我们在本职工作上成为佼佼者,坚持学术高于政治,文化大于社会的原则,维护学术的独立性与科学性,这是并存不悖的两种使命",[1]维护并小心翼翼地建设知识分子的专业根基、学术独立性和人文传统是知识分子民间性的自我确认方式,也是社会文化行动的基础,与其说岗位隐含了逃脱权力逻辑控制的意图,不如说是针对现代中国知识分子"政治为本,主义为大"的思维定式做出的自觉反动。陈思和不大可能完全反对广场意识,但是他不主张没有知识基础的空泛和虚拟的社会文化关怀,反对那种由知识匮乏和思维简单化所导致的文化浮躁和人格偏执——"乞求一种新的主义来一个纲举目张,这也是当代学术萎缩的明证之一",[2]"'五四'传统留给我们的是使命感和正义感,但这只是构成知识分子的行为准则,我们还应该有知识分子自己的东西,包括知识传统和人文传统。如果这些东西没有搞清楚,光有使命感和正义感也是无力的"。[3]在陈思和的

---

[1] 陈思和:《"五四"与当代——对一种学术萎缩现象的断想》,原载《复旦学报》1989年第3期,参见《陈思和自选集》,广西师范大学出版社,1997年第1版,第168页。
[2] 同上,第167页。
[3] 张汝伦、王晓明、朱学勤、陈思和:《人文精神寻思录之一——人文精神:是否可能和如何可能》,原载《读书》1994年第3期,参见《中国新文学大系1976——2000 第一集·文学理论卷一》,上海文艺出版社2009年第1版,第609页。

岗位意识中，更为内在的知识传统和人文传统是比社会政治、经济概念更高的文化层次，它不屈从或迎合任何功利或权力的逻辑，也不可能是书斋式的自我逃避，"如果仅仅理解作认识了广场的虚妄而退回书斋去做学问，那不仅是理论上的退却，还是人格上的萎缩"。[1] 在《论知识分子转型期的三种价值取向》篇末，陈思和转述了路德维希《德国人》中一个让使人"心潮起伏，呜咽不已"的理想文化传承图景：文明的戒指在韩德尔、格鲁克、海顿、莫扎特、贝多芬、舒伯特之间代代传承，这七位大师在世俗生活中没有一个不是困顿厄难、倍受耻辱，但是他们却在人类社会充满暴力与残酷的历史进化过程中，坚持一种区别于冷酷的世俗权力和欲望本能（拜物和市侩取向）的文化生存方式，继绝存亡，薪尽火传，别塑了一个异彩夺目的精神王国。他说，这"才叫作知识分子，才叫作知识分子的文化传统"。[2]

二、将民间限定在文学史描述的范围内，总结出一些具有民间性审美特质的民间文化形态（包括文化构成形态和文化实践方式）。在论述的过程中，陈思和提出这个民间——（1）是在国家权力控制相对薄弱的领域产生，保持了相对自由活泼的形式，能够比较真实地表达出民间社会生活的面貌和下层人民的情绪世界，"有着自己的独立历

---

[1] 张汝伦、王晓明、朱学勤、陈思和：《人文精神寻思录之一——人文精神：是否可能和如何可能》，原载《读书》1994年第3期，参见《中国新文学大系 1976——2000 第一集·文学理论卷一》，上海文艺出版社 2009 年第 1 版，第 609 页。
[2] 陈思和：《论知识分子转型期的三种价值取向》，原载《上海文化》创刊号（1993 年 11 月），参见《陈思和自选集》，广西师范大学出版社，1997 年第 1 版，第 180—181 页。

史和传统";(2)自由自在是它最基本的审美风格,它也往往是文学艺术产生的源泉;(3)对其作出简单的价值判断比较困难,"藏污纳垢"是它的独特形态。[1] 在这个论述中,民间隐形结构是最有意思的方法论创新,很多论者以是否存在来质疑民间隐形结构,这实在是一个大大的误会,而事实上隐形结构之有无既要看文本信息的复杂性,更取决于阅读主体对文本的多维度阐释能力,这对于习惯了以现代性和政治权力视野来阅读的读者来说不失为另一种维度的启蒙,我不敢确定陈思和是否受到结构主义符号学和人类学的直接启发,至少在阐释方法上我们可以发现一些类似的踪迹。如果从这样的方法论背景来理解,关于民间隐形结构、民间文化形态(包括文化构成形态和文化实践方式)——是否限定在文学史的框架内已无关紧要——的各种质疑都可以由实存层面抽离而转移到符号象征体系及其阐释方式上来。而一旦意识到文化的表述性存在和象征性关系,就可以消弭现实、虚构、想象、历史、神话之间绝对的认知界限,那么基于阅读主体而建构的阐释就成为一种当下性的真实存在——或者从一种相对稳定的意义上来说,发现被惯常叙述所遮蔽的深层结构就是一种检验、反思、纠正当下的知识文化状况的主动出击方式。

往往被质疑者所忽略的是,所谓的民间传统总是一个被动呈现的语词,它是一系列抵抗性的文化碎片——在面对主流意识形态的排

---

[1] 陈思和:《民间的浮沉:从抗战到"文革"文学史的一个解释》,原载《上海文学》1994年第1期,参见《陈思和自选集》,广西师范大学出版社,1997年第1版,第207—208页。

斥、知识系统的否定和历史的选择性遗忘时——一种脆弱的组合方式,从垄断的知识的反面来说它是常识性的和守成性的;从进化的强迫意义上来说,它是不可逆转的过往和无法升华的冗余沉淀,在现代性文化语境中,民间和传统的联结意味着在时间和空间两个位次上的价值贬黜,如果不能从总体性方法论入手展开知识分子现代迷失的自我反思并建立一种更广阔的人文关怀,语词或者文本意义的分歧其实并无关痛痒,我想陈思和关于文学史的民间性梳理以及隐形结构所包含的深层关切或许就在这里。

三、在清理知识分子民间岗位和文学史的民间性阐释之后,仍然还有一些棘手的问题。作为一个谨慎的学者,除了民间立场具有知识分子的主观预设特征之外,陈思和一直将民间范畴严格地限定在文学史、审美意义和文化形态这样的学术范围内来讨论,比如他在不同的场合提出,"'民间'是一个多维度多层次的概念","本文从描述文学史的角度出发,发现其与当时的政治意识形态发生直接关系的,仅仅是来自中国民间社会主体农民所固有的文化传统";[1]"我在这里使用的民间概念,包含着两个层面的意思:第一是指根据民间自在的生活方式的向度,即来自中国传统农村的村落文化的方式和来自现代经济社会的世俗文化的方式来观察生活、表达生活、描述生活的文学创作视界;第二是指作家虽然站在知识分子的传统立场上说话,但所表现

---

[1] 陈思和:《民间的沉浮:从抗战到"文革"文学史的一个解释》,原载《上海文学》1994年第1期,参见《陈思和自选集》,广西师范大学出版社,1997年第1版,第207页。

的却是民间自在的生活状态和民间审美趣味,由于作家注意到民间这一客体世界的存在,并采取尊重的平等对话而不是霸权态度,使这些文学创作充满了民间的意味"。[1] 作为一种历史性的回溯和还原,民间文化传统、特定的审美精神取向或者民间性话语的分析和阐释构成了民间意义在场的基本方式,但为了避免给人以这样一种错觉:民间意义的发现须有赖于文学这个基础场域(一种宽泛意义上的文化表述)以及有选择的文化观照对象(比如农村和农民更符合这种阐释对象的条件),陈思和提出了"自在的民间文化形态"一说——"民间文化形态不是今天才有的文化现象,它是一个历史的存在,不过是因为被知识分子的新文化传统长期排斥,因而处于隐形状态。它不但有自己的话语,也有自己的传统"。[2] 不过,一般说来,民间文化形态属于表象的体系,它与现代文化的想象性塑造过程其实并无法截然分开,在不同的主体预设之下和变动的文化矛盾中,民间的边界也是在不断漂移的,那么脱离开特定主体指向的文化形态只能从符号、表征和想象等能指层面入手来进行清理;而话语和隐形结构则属于文化的更深层位置,它们既可能是隐匿在表象背后的制约因素,也是需要通过文化文本被阐释的对象。这样一来矛盾就凸显出来了,即使是从文化阐释的角度来看,自由自在和藏污纳垢共同构成的民间范畴仍有无法自洽

---

[1] 陈思和:《民间的还原:"文革"后文学史某种走向的解释》,原载《文艺争鸣》1994年第1期,参见《陈思和自选集》,广西师范大学出版社,1997年第1版,第237—238页。
[2] 同上,第240页。

之处——自由自在和藏污纳垢是不太容易兼容的预设指向,它们之间甚至可以构成范式的互诘并可能导致命题原意的自我消解;但是陈思和也不可能完全接受文学史的民间性因素(如民间话语)是研究者的主观臆造这样一种判断,至少通过他的梳理,现代中国文学的发展史的确呈现了更丰富的面貌,民间显然不会是哪一个人可以随便臆造出来的,也就是说,民间意义的呈现仍然具有广泛的客观性基础,只不过这个客观性基础也有可能是藏污纳垢的状态,而由藏污纳垢所滋生出的往往并不是自由。所以,在民间范畴的不断拆解过程中,如何使阐释/表述主体(如知识分子,作家)——透过文学性文本或者文化表述——既有效容纳又不至于完全替代那个被想象和阐释的他者主体,是一个绕不过去的问题,或者说,民间范畴最终在民间何在、民间何为这一点上遭遇到了统合的难题。

这倒提示我们,若要完整地理解陈思和的民间范畴还是不能把知识分子的民间立场和文学史的民间阐释截然分开。在叙述上弥补这种裂隙有很多种方式,比如以认同和同构来说明知识分子和民间主体(如农民)之间的关系、以具有民间情怀的作家替代知识分子的位置、以民间的多层次性和多义性来瓦解民间主体的单一认知等等。但我以为,与任何单向度的民间想象或者预设明显不同的是,陈思和的民间立场隐含了一个更为准确的判断:民间并不可能有一个单一的可被概括的主体或者实体,如果有主体那也应该是多元混沌的共生主体,是多层面和共时性的历史文化主体,所以知识分子民间立场的姿态投射的不仅仅是对所谓民间主体的尊重,而更多的是复归民间主体的多元性和文化关系的不确定性,也恰恰是在这个意义上,民间的生存世界无论对于政治权力还是对于知识权力而言才可能具有自由自在的性质,因为尽管现代社会并不大可能存在完全超出政治文化操控的生存形态,但是类似藏污纳垢式的混沌的民间显然无法被清晰地纳入理念图解的方式——它既无法完全进入现代政治体制,也不可能完全被现代传播体系或知识语言转译,它以自己的沉默隐而不彰,它以自己的沉默保持疏离和反抗。在这个意义上,民间也可被视为一种对过于清晰的文化理论叙述的反动,正如陈思和所言,民间"是任何道德说教都无法规范、任何政治律条都无法约束,甚至连文明、进步、美这样一些抽象概念也无法涵盖的自由自在",[1]它不仅具有区隔性的文化形态或者理想性的审美呈现等不同面相,而且还应该包括那些未曾洞明的、荒谬、肮脏、不可理喻的现实,事实上,混杂和混沌才是集体生存的本相——"现实总是超出我们的能力",而知识的使命往往就是在混沌世界中通过认知的层层深入建构进一步行动的策略,只是这个过程与约定的真理还有一段距离而已。因此,经由民间岗位所确认的学术理想释放出一种知识分子自我解魅的冲动,——"认清广场的虚幻也即

---

[1] 陈思和:《民间的沉浮:从抗战到"文革"文学史的一个解释》,原载《上海文学》1994年第1期,参见《陈思和自选集》,广西师范大学出版社,1997年第1版,第207页。

认清知识分子在现代社会里高人一等的不可靠",[1]在这里,知识分子将狂妄转给了真理(和道德)的独裁者,自己退而成为真相的守护者——这或许才是民间知识分子和岗位意识的基础语义,这是一种主体退隐民间的方式,正如上文所述,这个退隐并不是主体的降解,而是文化主体的多元呈现和文化伦理的重构,它重新界定了知识和文化的本义。

对现代学科理论和思维定式的箝制保持适当警醒、对当下知识状况和文化表述逻辑唤起充分的自觉,是民间性学术定位的合法理据,因为文化表述本身依然投射了现实生活中的矛盾纠结,或者说文化表述也是一种建制性现实,知识分子同样需要对这些已经内化于知识结构自身的问题保持适当的警惕,如果知识分子他者化的民间想象与知识权力、政治权力是同构性的,这无疑是对民间生存意义的累加式褫夺,并加剧文化表述系统的严重失衡,南帆在理解陈思和民间范畴时也提出了相近的看法,"政治是一种权力体系,知识同样隐含了另一种权力体系。民间是双重权力体系的承受者——承受不仅意味了权力控制的对象,同时,承受还包含了对于权力的冷漠、疏远、鄙夷、抗拒"。[2]问题就在这里:即使我们把不同的民间他者想象都处理成文

---

[1] 陈思和:《论知识分子转型期的三种价值取向》,原载《上海文化》创刊号(1993年11月),参见《陈思和自选集》,广西师范大学出版社,1997年第1版,第178页。
[2] 南帆:《民间的意义》,原载《文艺争鸣》1999年第2期,参见《中国新文学大系1976—2000 第二集·文学理论卷二》,上海文艺出版社2009年第1版,第492页。

化主体间的伦理预设,那么在不同的预设之下,结果也是迥乎有别的。但是我们不能在预设的问题上过度纠缠,以免陷入无谓的意气之争,在面对共同的文化问题时,知识分子仍然应该是以坚实的知识方式来选择介入的途径。作为知识分子身份危机的显性层面,是社会对知识价值的强烈质疑,脱离开习惯的功利与道义路径,更具蛊惑力的资本逻辑乘虚而入,知识何以自为与自明的焦虑日趋扩散,但从人文学科知识本身来说归根结底还是一种存在的表述性危机,按照利奥塔的说法,元叙事已不再能把握20世纪晚期的复杂性,现代化和全球化造成了身份的碎片化,任何叙事都只能告诉我们现实的一小部分,有没有一种普遍性知识可以宣谕永恒的真理? 答案还没有完全明朗,但我们已普遍性地陷入失望,这或许即意味着一种知识范式的终结和蜕变:从整体性迷恋转向部分的真理;将无法穷尽的历史荒谬性与主体在场的历史确定性相互参照;将无限的生活世界(基础场域)与有限的专业性研究(民间岗位)均作为不可或缺的有机部分纳入认知建构的框架。虽然不确定性不需要任何形式的确证——民间的价值也并不依赖知识分子的确证,但知识分子有义务告诉世界被隐匿的真相并且提供更有价值的精神生活方式,它尽力来揭示某些秩序的荒谬并推动精神意义上的民间敞开,它希望在共同生存的图景下提供无法预见的文化可能性与生存意义,事实上这种学术路径并非完全按照"后"(post)学逻辑展开,而更多是基于现实文化困境展开的突围行动方式,对当代知识分子而言,如何有意识地摆脱现代理论话语及各种意识形态的操控,立足本土复杂的生存经验来解释并解决我们的社会文化问题是一个紧迫而切己性的问题。

重新探究陈思和的民间性学术理想,他对本土文化基础场域复杂性的尊重和多元文化主体间伦理关系的重构应是首要之义,这强有力地回应了他对于知识分子民间岗位的期许,其中包括思想过程的开放性和知识分子个体文化实践的有限性两个向度的谨慎结合。如果能够初步解除道德和政治范式的功利性蛊惑,知识的价值在民间的意义上就同时获得了敞开;但是对于知识分子来说,民间意义的发生和发见还是必须通过主体在场的途径而实现,这个民间是"我在民间"与"民间在我"的理想统一体,也就是说,只有那种具有主体反思和文化建构能力的知识分子在场的民间才可能符合陈思和学术理想的期许,这应该才是民间范畴、民间立场与"认知和行为主体"统合的关键。既然民间为知识分子提供了太多的情感投射和文化想象,它已经不可能仅仅满足于被呈现为一种事实,而必须是一种经由特定精神关怀所照亮的事实;它也无法完全游离于价值判断和审美批判,正相反,一种事实之所以能够浮出历史地表恰恰是因为它表征了不同的历史叙述方式及相应的史观。柏拉图曾画过一幅阴暗的画,画面上是人类面对客观世界的墙站着,瞪眼望着由背后一团犹如太阳的火投到那墙上的闪烁不定的影子。诺思罗普·弗莱认为这无法被确定是"历史的影子","因为我们借以望见影子的唯一的光乃是我们自身内部的普罗米修斯之火","这些影子的实体只能存在于我们自己身上,而历史批评的目标,正是我们常常比喻的某种'自我复活'"。[1]无论是对于文学历史的重新发现,还是基于知识分子使命的主体反思,那种具有诗性气质的理想冲动始终潜隐在陈思和学术思想的深处,它不仅照亮了历史中的晦暗之处,而且也复活了知识主体的真实价值。这让我想起陈思和曾经多次重复的一句话,"我终究希望能获得心中的灯,我想说,我就是灯"[2]——这盏"灯"莫不就是他孜孜以求的历史批评和自我发现的"普罗米修斯之火"呢?

---

[1] [加]诺思罗普·弗莱:《批评的解剖》,百花文艺出版社,2006年第1版,第511页。
[2] 陈思和:《陈思和自选集·自序》,广西师范大学出版社,1997年第1版,第7页。

地方性、国民性和共同体修辞

作为文学的表述和研究对象,乡土指向一个广义上的本土或地方文化空间,但其边界和能指是变动的,与其说乡土决定了作家的创作,倒不如说是现代作家生产了一种新型的乡土[1](乡村)观念,比如南

---

[1] 当我们谈到乡土的时候,首先想到的当然是乡村和农村,乡村是乡土概念的狭义形式,它具有农业生产方式、文化生态和生活方式的规定性,与相对发达的工商业社会以及城市聚居方式相区别;但是从更宽泛的意义上来看,乡土的存在形态又不局限于自然村落,还指向一个普遍性的"乡土社会(ruaral community)",关于"乡土社会"的本质性内涵,费孝通在《乡土中国》中有过清晰的说明,他认为"乡土社会的生活是富于地(转下页)

帆就提出,"乡村不仅是一个地理空间,生态空间;至少在文学史上,乡村同时是一个独特的文化空间。对于作家来说,地理学、经济学或者社会学意义上的乡村必须转换为某种文化结构,某种社会关系,继而转换为一套生活经验,这时,文学的乡村才可能诞生。"[1]这是乡土诗学问题提出的基础条件之一,尽管乡土诗学的考察不能规避乡土政治和社会问题,但从根本上来说,乡土诗学的基本对象是作为审美表现、符号构成和修辞方式的乡土及其相应的观念意识、问题关切。一方面,整体上并不存在一个均质的、绝对的和现实的乡土原型,在"传统—现代"、"民族—国家"这样的宏大视角之外,还应该注意到乡土构成(地方性)的复杂性,亦即多元本土性和地域差异性;另一方面,在20世纪乡土中国的历史发展过程中,乡土范畴的构成、与乡土有关的文化关系以及我们观照乡土的方式都已经发生了深刻的变化,乡土文学因其不同的历史境遇会产生不同的问题构造和诗学路向,这又要求我们必须历史性地处理乡土问题。我们注意到,除了鲁迅命名的乡土文学之外还有周作人、茅盾等不同理论家提出的乡土文学范畴和乡土诗

(接上页)方性的",在地方性的限制下形成了一种靠礼俗和人情进行连接维系的"熟人"社会。在20世纪的中国社会,乡土成为一个重要的文化问题显然是由于现代性视野的介入,乡土文化意义的凸显是中国社会近代化、现代化和城市化的结果,在现代语境下,乡土常常被当成诸如"民主"、"自由"、"进步"等正面语汇的对立参照而出现。因此就现代知识分子的观照方式而言,乡土更多地意味着一种"他者"式的文化归属,这种归属的特质包括:传统社会的宗法成规(patriarchal conventions)、本土性和地方性的文化体系、对农业生产方式的依赖关系等。

[1] 南帆:《启蒙与大地的崇拜:文学的乡村》,《文学评论》2005年第1期。

学观念,以及台湾乡土文学、东北和华北沦陷区乡土文学等不同的实践形式,因此除了"知识考古学"的价值之外,过分纠缠于乡土文学的命名标准并无多少新鲜的意义,文学的历史已经向我们呈现了由于审美观念、现实使命的差异所导致的文学话语的区隔,寄望于某一符号来统摄乡土文学表现形式和多元思潮几乎是不可能的,所以我们更倾向于在习惯的方式上使用一个宽泛的乡土文学概念,它接近乡土叙事这样的中性范畴,我们把它看作一种以乡土(包括乡村、农民、农业生产方式以及广泛意义上的乡土社会)为表述对象的相关叙述形式、叙事文本和故事内容的总和,它可以涵盖农村题材小说、乡村小说等不同形式。如果我们把乡土文学的范畴落实到叙事这一基础环节,那么围绕乡土所进行的言说、表演、修辞和传播等要素就会凸显出来,先前引发争执的题材、体裁甚至语言形式和传播载体的差别都将退居其次,文学性和诗学话语的同构性也将由此跃居台前。

在现代文学史上,周作人是较早注意到乡土写作与"国民性"密切关联的理论家。1923年,周作人在《地方与文艺》中对新文学中出现的概念化、抽象化的取向提出了批评:"现在的人太喜欢凌空的生活,生活在美丽而空虚的理论里,正如以前在道学古文里一般,这是极可惜的,须得跳到地面上来,把土气息泥滋味透过了他的脉搏,表现在文字上,这才是真实的思想与文艺",他所看重的文学的"从土里滋长出来的个性",主要与艺术本身的要求有关,但是这种艺术价值的实现又需要通过作家的地方性和个性表现的形式来实现,他认同尼采在《察拉图斯忒拉》中"忠于地"的说法,提出"人总是'地之子',不能离地而生活,所以忠于地可以说是人生的正当的道路",而文学作品"自然的具有他应具的特性,便是国民性,地方性与个性,也即是它的生命"。[1] 尼采的"忠于地"实则是"忠于尘世",与出世相反,但是忠于尘世在于超克而非超越,根本上与"个人主义的人间本位主义"是一致的。周作人的这段话并不是专门针对乡土文学来说的,但他却是较早触及文学中的地方性与个性以及文学性尺度的理论家,这恰恰是文学性的乡土叙事中最基本的规定性特征,周作人把乡土文学的价值升到了国民性的高度,并且指出文学的国民性必须首先奠基在独特的地方经验和文艺个性之上。相比之下,鲁迅在1935年在《新文学大系·小说二集导言》中正式命名的乡土文学范畴,则主要有两个区别性的关键点:一是"故乡",一是"侨寓",虽然鲁迅也提到了地方性的"异域情调",但写作者("侨寓文学的作者")似乎具有更核心的位置,乡土文学作者是被故乡所放逐的现代人,他们是在异地"迁移写作",那么在这种有距离的观照之下,故乡在时间(经验与回忆)和空间(城与乡)两个维度上因而呈现出一定的紧张感和疏离感,这种紧张感和疏离感往往被评论者家称为"批判国民性"的有效形式,现代性视野在这些作家的叙事呈现中构成了乡土世界的批判式和异质性的介入方式。我们因此会发现,国民性在周氏兄弟的乡土文学观中实际上有很大的差异,对于周作人

---

[1] 周作人:《地方与文艺》,《周作人自编文集·谈龙集》,河北教育出版社,2002年1月第1版,第10—13页。

来说,"自然地具有的个性"和民风民俗都是一种多元的、自在的民族品格,而且他主要是在诗学意义上来指称这种人类学式的差异性,也恰恰是基于这种差异性的确认,他的乡土文学观念中很难有效呈现普遍性的现实批判指向;而对于鲁迅等人在文学中所呈现的乡土图景来说,国民性则意味着一种民族的集体人格,它为众多的理论家、作家或读者提供了理解、想象和批判传统文化及其影响下的国民人格的原型。茅盾也是较早具有人类学方法意识的理论家,我认为他早期的乡土文学(1920年代初他称为"农民文学")观在地方性这一点上实际上与周作人更近似,他很明确地强调过地方色和地域个性的乡土文学主张,只不过到了1930年代以后才更倾向于那种普遍性的社会变革诉求,"关于'乡土文学',我以为单有了特殊的风土人情的描写,只不过像看一幅异域图画,虽能引起我们的惊异,然而给我们的,只是好奇心的餍足。因此在特殊的风土人情而外,应当还有普遍性的与我们共同的对于运命的挣扎。一个只具有游历家的眼光的作者,往往只能给我们以前者;必须是一个具有一定世界观与人生观的作者方能把后者作为主要的一点而给与了我们"。[1]

周作人在1930年所写的《汉文学的传统》这篇文章中也曾经对那种带有普遍性国族指称特征的国民性的提法表示过怀疑:"平常听人议论东方文化如何,中国国民性如何,总觉得可笑,说得好不过是我田

---

[1] 茅盾:《关于乡土文学》,《茅盾论中国现代作家作品》,北京大学出版社,1980年版,第241页。

引水,否则是皂隶传话,尤不堪闻","东西的辩论只可作为政治宗教之争的资料,我们没有关系的人无须去理会他"。[1]他对于国民性这种说法的厌恶也可以在对日本人安冈秀夫《从小说上看出的支那民族性》[2]一文的批判中获得印证,安冈秀夫在这篇文章中"引元明清三朝小说作证,列举中国人的劣根性"痛加嘲骂,周作人以其人之道还治其人之身,提出"随便从历史中概括出民族性"是一种"支那通"式的"轻薄卑劣"的态度,这"决不是日本的名誉"。[3]但是周作人并没有完全否认国民性问题探讨的可能,只不过所指称的文学的国民性主要是民族国家边界之内的地方性(差异性)或者某种区别性特征,"风土与住民有密切的关系,大家都是知道的:所以各国文学各有特色,就是一国之中也可以因了地域显出一种不同的风格,譬如法国的南方普洛凡斯的文人作品,与北法兰西便有不同。在中国这样广大的国土更是如此"。[4]因此对于周作人而言,国民性显然不是一种普遍性的、人格化的国族特征。在《汉文学的传统》中周作人也含混地提出"国民性本来似乎有这东西",只是"极不容易把握得住",他举了这样一个例子来说明国民性存在的可能:"吃饭与吃面包,即有用筷子与用刀叉之

---

[1] 周作人:《汉文学的传统》,原载1930年3月27日《中国文艺》,引自《周作人自编文集·药堂杂文》,河北教育出版社,2002年1月第1版,第5、6页。
[2] "民族性"在本文中与"国民性"暂时被视为同一范畴。
[3] 周作人:《支那民族性》(原写于1926年7月),引自《周作人自编文集·谈虎集》,河北教育出版社,2002年1月第1版,第346、347页。
[4] 周作人:《地方与文艺》,引自《周作人自编文集·谈龙集》,河北教育出版社,2002年1月第1版,第10—13页。

异,同时也可以说是用毛笔或铁笔不同的原因,这在文化上自然就很有些特异的表现"。[1] 显然,周作人在提出国民性说法时更为谨慎,他并没有把国民性看成一个先验性的、不证自明的文化前提,而是仅仅把它当作尚待辨析、探究的经验对象和区别性文化标示。在一种可靠的实证的层面来说,大大小小的文化形态之间总是存在差异性,但这种差异性并不仅仅表现在象征的层面,它还需要多元的、个体生活经验的有效支持。周作人指出了问题的要害———一种接近民族诗学的文化描述和解释的方式,尤其是超出直觉经验的范围,我们应该如何传达出对于生活世界、自我和他者的文化理解? 这既是一种知识意义上的文化交往伦理反思过程,也是诗学意义上的跨文化理解方式。因此,任何在普遍意义上把历史的或现实的中国人当作同质性群体从而与异文化人群建立区别性论述的做法,都不可能最终作为一种严谨而客观的科学而获得合法地位,在大多数时候,它们都是针对异文化(或历史传统)的他者想象的方式,而在现代文化变革的背景下,它又是一种具有强烈意图指向的应激反应或者修辞策略,辜鸿铭如此,鲁迅如此,林语堂亦如此。但是,这种判断并不能完全取消作为文化实践存在的民族诗学形式,因为在一个民族的精神历程中,共同体修辞或想象的发生并不单纯依靠理性的思考或者科学论证,至少文化作为一种探究对象,不只是包括写实、资料和器物层面的有形存在,而且还

---

[1] 周作人:《汉文学的传统》,原载1930年3月27日《中国文艺》,引自《周作人自编文集·药堂杂文》,河北教育出版社,2002年1月第1版,第6页。

面向更为广泛的民间口承文学、地方性叙事、文人写作以及处于文化深层的民族想象、历史传统和伦理观念,而后者则是人类学和诗学的复合领域。

诗学问题的提出将使作为精神审美方式和建制性文化现实的文学性(诗性)被突出地呈现出来,同时也是作为一种核心的实践形态,乡土诗学话语深深地卷入了乡土政治、地方性经验和共同体修辞、现代文化传播机制、乡土叙事与民族志书写等等不同层面的绞合和矛盾,也就是说,尽管在诗学研究中现实性关联(社会指向)不可或缺,不过一旦将诗学问题置于中心位置,考察的视野也将随之扩展为叙事、修辞和话语的问题,社会政治也由此而转化为文化政治,也恰恰是话语形态和诗学逻辑的分析阐释,才能构成为乡土诗学区别于其他乡土文学研究的有效路径,进入人类学诗学的交汇领域。我们所使用的诗学(poetics)概念基本与文学理论的边界相近,诗学既不等同于诗论,也不等同于文论,诗学范畴关注的核心在于诗性以及构成诗性感受(或判断)的习俗化观念。结构主义诗学理论的代表人物乔纳森·卡勒把诗学定义为"通过描述程式和使程式成为可能的解读活动来说明文学效果的尝试",与亚里士多德把诗(悲剧、史诗)的功能视为模仿并排斥修辞有所不同,卡勒认为"诗学可以被看作延伸的修辞学的一部分",[1]现代诗学和修辞学、叙事学、符号学存在着密切的联系,但是

---

[1] [美]乔纳森·卡勒:《文学理论入门》,译林出版社,2008年1月第1版,第73—74页。

诗学已不能再被单纯地看作形式主义研究,而相反是将文学独立于社会学、政治学和心理学并重新定义文学能力、理解文学成规和建构意义交际关系的人文科学话语,因此他比雅各布森所确认的语言学意义上的文学性走得更远,在卡勒这里,文学的理解、解释语境和文本本身居于同等重要的位置,而形式/内容、表层/深层的区分方式已经让位于语言、范式和多义性解释,这也是卡勒后期转向解构主义的一条重要线索,卡勒最终拒绝为诗学作出明晰的定义仍然是基于这样一种认知方式:回答什么是文学,远没有认清"是什么让我们以为它是文学"更为重要。因为诗与美都不是纯粹的客观对象,而是主客体之间活动的产物,一段文字必须在被当作诗来读的时候才能成其为诗,其中情感与想象决定了诗性的尺度和诗意的发生,从语言学的意义上来说,诗学本质上是研究"语言(符号)如何偏离其实用功能"而进行情感活动和想象活动,亦即认知主体的内世界(inner world)的观念构成和认知模式,所以影响我们判断的意义逻辑就成了诗学(尤其是结构主义诗学)研究的基本对象。

将人类学和诗学研究进行视野融合的前提是将乡土文本视为一整套的表述,而且包括修辞性的表述,它强调一个文化族群(小到地方生活共同体,大到民族或国家共同体)的审美性、情感性的隐秘体验和观念结构,是在制度文化和器物文化之上的精神性、艺术性的存在——尤其在民族生活中,诗和神话一样都是对平庸、碎屑的抗争,这是超出实际经验层面的另一种真实。但是对于乡土诗学再到民族诗学的研究,并不是试图僭越经验研究再回到马林诺夫斯基之前的时代,我们只是强调在田野调查和书面写实材料之外,还可以通过神话、传说、民间故事、历史叙述,以及不同时代的文学性叙述形式的加入,深入到某些族群文化中的精神性层面,从而在虚构和真实、神话和历史、想象和现实的重重张力中间,探寻民族记忆和认同建构的隐秘踪迹,并由此溯及现代民族构造的观念史反思。人类学和诗学的结合并不是今天才出现的新情况,事实上早在1941年一个叫林耀华的中国学者就创作出了一部兼具文学性和田野调查性质的人类学著作——《金翼》(*The Golden Wing : A family Chronicle*),当时供职于哈佛大学的作者林耀华作为中国东南地区某村落张、黄两家兴衰的见证者和当事人,在叙述那些客观的家族变迁轨迹的时候,并没有完全规避掉情感色彩和倾向性的说辞,他对于张、黄两家命运的诠释明显地受到风水观念的结构性制约,所以《金翼》并不同于传统意义上的忠实的田野工作记录,而其所反映的家族变迁背后的深层结构可能是更有价值的文化信息,我们能够从这样的文本细节中比较容易地获得清晰的某个族群特性的抽象性真实。而更早时期周作人对民歌、童谣的高度关注以及参与北京大学《歌谣》周刊的民歌、方言征集实践,都显示了他在俗语文学和口承叙事材料整理发掘与新文学早期民族诗学理论建构方面的另类视野和卓越贡献。这两个例子都可以说明人类学诗学的学科交叉性质和视域融合特征,换个角度来说,在人类学家那里,民族志文本既可是科学性的研究文献,同时也是需要被深入剖析的文学性的文本——它们实际上兼具人类学和诗学的双重身份,这种民族志方法的新动向,是基于书写文化层面的跨学科凸显和修辞研究获得科学性的合法地位——人类学领域发生的实验民族志和民族志诗学(Ethnopoetics)实践都反映了这种趋势,正如美国学者詹姆斯·克利福德所言"民族志是新出现的跨学科现象"而非一种纯粹客观性的研究文本,"民族志文本的制造者避不开有表现力的比喻、形象和寓言,它们在翻译意义的同时选择和加强意义","即使最好的民族志文本——严肃、真实的虚构——也是真理的体系或组织。权力和历史通过它们而起作用,以作者不可能完全控制的方式"[1]。尽管克利福德并没有把文学性文本完全视作民族志,但是其中反映了一个非常重要的方法论创新:人类学家已经开始有意识地运用文学的方法来改变科学观察的窘迫,而比喻、修辞和虚构原本是文学研究的传统领地,这样的学科发展背景既孕育着传统人类学和诗学观念的双重转向,也意味着人文研究与社会科学研究的视野交汇,将有助于从外部打开文学研究的自我限定,而透过叙述和话语最终抵达的领域可能是人文学科和社会学科共同关注的深刻文化命题。

将诗学与现代"民族国家"共同体进行联结的判断并不是孤立的,刘小枫认为"一个民族之成为政治的民族,必靠诗而后生。一个民族

---

[1] [美]詹姆斯·克利福德、乔治·E·马库斯(编):《写文化——民族志的诗学与政治学》,商务印书馆,2006年6月第1版,第35页。

生长出政治的自觉,也必体现为形成诗说"[1];文化人类学家提出在文化表述中存在着一种诗性逻辑(poetic logic),认为历史和神话都是一种叙事,文学作为一种民族志形式,其中的逻辑关系是:"一、神话和传说的虚拟性正好构成历史不可或缺的元素;二、对同一个虚拟故事的复述包含着人们对某种价值的认同和传承;三、叙事行为本身也是一种事件和真实,一种动态的实践。对某一种社会知识和行为的刻意强调或重复本身就成为了历史再生产的一部分。它既是历史的,也是真实的"[2];乔纳森·卡勒也承认:文学性文本在特定的接受语境下,可以产生一种"强大的、民族性的作用",他的观点在本尼迪克特·安德森的《想象的共同体》中同时可以获得印证,安德森如是说:文学作品,尤其是小说,通过设定并吸引一个广大的读者群,有助于创造民族的集体性,"虚构无声地、不断地渗入到现实当中,默默创造着一种非凡的群体信念,这正是现代国家的特征",卡勒进一步补充道,越是强调文学的普遍性,它的民族作用就越大[3]。然而乡土诗学面对的基础对象是地方性和文艺个性(差异性),这是周作人在人类学诗学意义上的一种国民性界定方式,虽然乡土及其美学呈现与共同体存在着隐秘的关联是确定无疑的,但是如何对二者之间的联系进行阐释,周作

---

[1] 刘小枫:《德语诗学文选(1760—1960)·序》,华东师范大学出版社,2006年9月第1版。
[2] 彭兆荣:《文学与仪式:文学人类学的一个文化视野》,北京大学出版社,2004年12月第1版,第5页。
[3] [美]乔纳森·卡勒:《文学理论入门》,译林出版社,2008年1月第1版,第39—40页。

人只是在经验上做出了描述但并没有走出更远——一方面,国民性的阐释逻辑很容易被鲁迅式的修辞和象征[1]手法所压制;另一方面,内忧外患的民族境遇越来越倾向于用一种宣传和动员式的民族主义方式来克服危机,地方性话语至少很难被作为一种离散的、逆向的或者与民族国家的凝聚要求不一致的因素存在。因此,相比较周作人在地方性意义上所确定的国民性构建路向以及对于普遍理念强制的担忧,在1920年代之后的半个多世纪里,地方性的乡土叙事被现代性想象以及民族主义修辞所征用和同化,地方性在乡土文学中的语意也因此被很多理论家缩减为地方色彩、风俗格调的展演形式,并以此服务于乡土政治的合法性表述。当然,我们可以从现代中国民族救亡图存以及革命的现实动力等不同角度为文学的功利性取向进行辩护,而且事实上在关乎国族危亡的战争时期和激烈的文化转型期,厚重的乡土更容易变成一种群体性的精神寄托和生存信仰,乡土叙事中频繁使用的

---

[1] 有关鲁迅使用"国民性"的方式,不再尽述,仅举两例说明:在《略论中国人的脸》(载1927年11月25日《莽原》)中,鲁迅借由日本人长谷川如是闲《中国人的脸及其他》进行了想象性发挥,将中国人的某种习惯性的面部表情和驯顺的"家畜性"联系起来,这符合鲁迅一贯的针对"国民劣根性"的立论方式;在《当陶元庆君的绘画展览时》(载1927年12月19日上海《时事新报》副刊《青光》)中,他评说陶元庆的画"以新的形,尤其以新的色写出他自己的世界,而其中仍有中国向来的灵魂——要当面免得流于玄虚,则就是:民族性",他指出陶的画一方面与世界思潮合流,一方面又保留了中国人"向来的灵魂",因而并未"桎亡中国的民族性"。在后一种论述里,鲁迅与周作人接近之处是没有把民族性(国民性)仅看作负面的批判对象,但是仍然不免先验的痕迹,其中对于"世界思潮"在民族"进化"中的作用仍持肯定的态度,而周作人很早就开始反对那种抽象的普遍性(见《地方与文艺》)。

乡村隐喻、象征符号群,构成了现代中国历史叙事和共同体修辞的观念基础。在回顾抗战至"十七年"这个文化转型期文学与民族国家想象巅峰期的重合现象时,借助神话诗学的视点我们就可以发现作家创作与民间叙事传统和想象方式的深度联结:在根据地(解放区)的传奇叙事到十七年期间创作的战争故事中,逐渐出现一系列超凡脱俗式的英雄的谱系,传奇英雄与民间传说、演义故事中的英雄一样具有不平凡的身世,或者父母双亡,或者父亲在战场上战死,或者经过血与火的考验,从而获得神力和神圣因素,成长为神勇过人、富有感召力的领军人物,它非常接近那种神赐英雄的"通过仪式"(rite of passage),可以被视为过去民间文学和演义小说中的英雄奇生模式的现代变异形式,这是中国文学在现代民族国家意识高涨期出现的典型的传奇文学类型[1]。这毕竟只是一种"暴敌之所赐"(梁漱溟语)的民族认同方式,它服从于一种现实的不安全感和强大的集体性精神诉求,亡国灭种的危险深刻地重构了中国人的时空想象方式,会几乎波及每个人的立场取舍,强烈的对抗环境和对敌人的深仇大恨更有助于粘合统一的民族意识,如果只是在这一个层面来理解乡土诗学、民族诗学及其超越性

---

[1] 传奇文学的完整形式一般是表现成功的求索,它包括三个主要的步骤:危险的旅程;残酷的搏斗;主人公的胜利。英雄传奇可以视为人类文学历史上共有的一些品质,它是一种具有神话质素的叙事类型,以英雄和历史人物作为故事的主角;传奇是介于现实主义文学和神话之间的过渡形式,这种叙事类型可以与民间口头叙事传统进行广泛联结,同时它作为历史讲述的一种形式,具有鲜明的理想主义的意向性,隐含着"地方或民族历史建构"的目的。

文化构建问题,显然是相当狭隘的,或者说,它是认同建构中消极和被动的一面;作为民族主义话语的另一面,渗透在乡土叙事中的现代启蒙理念则提供了诸多的国民性负面镜像,传统的人格化形式在此时是嵌置在"腐朽-新生"式的国民改造模式中,现代进化意义上的普遍价值演化成了当下性的新国民理念的确证。

但是,在将乡土想象与现代民族国家进行阐释联结时,似乎仍然有诸多难以逾越的理论障碍。即如前文所述,乡土文学的基础性规定特征是地方性和个性(差异性),而乡土意识和地方经验本身相对于民族国家共同体的现代性普遍诉求是离散的,因此在地方性和现代性之间存在着严重的悖论性的组合关系,这将导致乡土诗学研究与民族国家想象之间的错位,二者甚至可能是跨元式和不相干的问题。而将周作人的乡土文学观置于分析的显要位置也并不意味着我们完全赞同他的看法,周作人对地方性的确认尽管不是一种非常鲜明的普遍理念,但是其方法论仍然也属于一种更具普适性的现代性科学范畴,只是如果从乡土世界所遭遇的现代困境和传统断裂的角度反思现代性迷失的话,周作人可算较早具有这种自觉的知识分子而已。比起周作人所忧虑的理念强制更隐蔽的传播现代性在地方性和民族国家共同体构造上实际上作为"看不见的手"发挥了更为关键的作用,虽然有的乡土性、地方性的写作与民族国家共同体并没有直接的符号性关联,但是在现代汉语出版体系以及现代传媒作为意识形态编码工具的作用下,它们仍然可以以多样性身份确立在整个文化体系中的角色,并受到精英或大众文化的渗透。王铭铭谈到,"传媒工业是现代民族国家造就其社会结构的器具,它为不同类型的民族国家提供了文化标准化和网罗不同地方文化类型的途径",现代传播体系制造了一种共同体幻景,同时也催生了观看这个幻景的方法,由传媒所奠基的现代文化使一种超地方性的共同体话语甚至是全球文化占据了支配性的合法地位,"传媒时代的支配性社区构造不是社会人类学者惯于研究的面对面的人文关系,而是一种超地方的、非面对面的互动,从而可以被称为'想象性的社区'"[1]。王铭铭在这里所指称的"想象的社区"即是安德森所说的"Imagined communities(一般译为'想象的共同体')",在考察现代民族国家共同体的文化建构时,我们习惯性地采用"想象的共同体"(imagined communities)这类阐释话语模式,而且侧重于认定想象本身的虚幻性或者虚构性,而往往忽略了现代传播体系在其中的关键性作用,从 communication(传播)和 commune(公社)相同的词根推断,"传播从其存在开始,就与共同体的构造有密切联系","'民族国家'所赖以社会再生产的传媒,与全球文化形成既矛盾又互惠的关系,有时二者是对立的(主要表现在民族主义与世界体系的张力之上),有时是合谋的(主要表现在二者与地方性、社区性文化的关系上)"[2],因此,简单地将地方性与现代性进行对立是很难成立的,

---

[1] 王铭铭:《西方人类学思潮十讲》,广西师范大学出版社,2005 年 7 月第 1 版,第 162—163 页。
[2] 同上。

而且也不能将现代传媒标准化体系的扩张仅仅视为单向度的支配和控制,事实上传播本身可以作为符号与社会资本的交换形式,转化为不同文化主体(包括次文化和异文化)实践、表述和竞争方式,我们发现,在历史上的不同时段,国家与地方、民族与个人、集体与家庭等传统的空间秩序安排在特定的时空场域中可以轻易地与现代性话语达成深刻的共谋。当然,现实地来看,当代社会的乡土审美经验愈来愈受到传播体系和消费文化的支配性影响,大众文化甚至(有时)僭越成为主流话语和新的意识形态神话的重要领地,乡土审美表现已经越来越多地演变成为混杂性的、符号化的消费文化景观。

目之所及的表象构成了我们观察世界变化和人文关系的符号或媒介,我们作为"由符号所织就的意义之网"上的文化动物甚至也必须把自己的经验构成放到对象的考察中来。针对符号、叙事(叙述)和话语的诗学研究将有助于揭开笼罩在传播情境中的"修辞[1]幻象",在交往的意义上理解语言和象征建构的作为观念存在的共同体现实。修辞幻象是欧内斯特·G·鲍曼提出的一个术语——"能够将一大群人带入一个象征性现实的综合戏剧",被他称为"修辞幻象",这是一个充满心理学性质的术语,但是通过它可以粘合语言、行动和世界认知,

---

[1] [美]凯罗·阿诺德(Carroll Arnold)给修辞下的定义是:通过对符号手段的运用来达到争取自己或别人对某物的信奉的目的的这一过程,而这对于认知过程本身是必不可少的。转引自理查德·什尔维兹(Richard Cherwitz)《修辞的"认知性"》,选自《当代西方修辞学:演讲与话语批评》,中国社会科学出版社,1998年12月第1版,第172页。

"在小组中流行和链接的戏剧化情景被糅进公开演说和大众媒体中,然后再传播给更大的听众群体以起到这样一种作用:使每个成员都有一种群体意识,促使他们行动(这里亦引发了动机问题),并为他们提供一个充满恶棍、英雄,充满情感与态度的社会现实"。他认为,人们是用一种特殊的语言来建构现实的,这种被建构起来的现实中有许多属于共同幻想的成分,而这些成分是粘合人群成为一个整体的重要基础,批评家在进行修辞分析时应该从这样的前提出发:语与物之间出现差异时,理解事物的最重要的文化产物可能不是物或现实,而是语言或者符号。硬要把符号现实与另一种现实区分开来,是一种在历史学界与社会学界泛滥成灾的谬误[1]。这就可以解释很多理论家对地方色彩和风俗画面的批评了——导致乡土表现符号化的问题并不仅仅在于"具有游历家眼光的作者",而且还有那个早已为地方性安排好空间和美学秩序的意识形态,就像节庆时的地方歌舞汇演一样,它提供了文化版图和多样化身份标示的功能,却对个体生活和日常经验一无所知,在大多数时候,城市之外的那些农村以及它们的历史还是被有意无意地当作了异文化——既是可观赏的,又是可以随意鄙弃的。现代性为乡土织就了严密的网络:在水平的方向上,地方性——除非有针对性的政治安排———般意味着其多样性身份是可以被替换的,它必须服从于更为宏大的民族国家主旨、历史义务和空间秩序安排;

---

[1] [美]欧内斯特·G·鲍曼:《想象与修辞幻象:社会现实的修辞批评》,引自《当代西方修辞学:批评模式与方法》,中国社会科学出版社,1998年12月第1版,第81、84页。

在垂直的模式上，现代性构成了自身神话，它描绘了进步式的天下大同的普遍图景，它与危机时刻的命运共同体交替发挥作用，变成了自我更生的民族传奇，以其不容置辩的历史经验创造了新的神话秩序。在相当长的时期内——无论是现实社会结构制造的处境，还是作为一种文化理念生产的结果，在乡土叙事及其相应的话语形态中，乡土总是作为诸如民主、自由、进步、强大等正面语汇的对立参照而出现，阴暗凋敝的乡土更多地意味着他者式的文化归属，农民则成为一个需要被拯救、唤醒、通过训诫而成为新国民或战士的堕落无知的群体，也正是在这个意义上，乡土似乎唯有通过知识分子的代言才能发出声音，失语隐喻了它不可挽回的现代命运。当然，提出乡土诗学研究的本意不在于完全支持以上的判断，但是正视历史的曲折之处和乡土叙事的先天缺失恰恰是重建乡土诗学经验联系的前提，这个工作既包括那种在文学性文本中发现和阐释民间话语隐形结构的努力，也需要在对现代知识状况作出清醒判断的基础上就民族诗学的困境进行总体性反思。因而，诗学的问题也集中地投射在知识生产场域，它甚至也可以被置换成知识分子身份和文化伦理构建的问题——兼具地方性经验和普遍视野的现代知识分子既是历史的言说主体，也必然成为反思的直接对象。这也意味着我们争论不休的乡土文学与国民性的关联问题必须还原为生活身份的建构和确认、一系列文化关系的具体展开，以及从经验世界到观念领域的阐释联结；而文化的真实性问题也有必要转化为何以使我们"信以为真"的问题。

鉴于乡土文学在20世纪中国文学的生成和发展中占有着无可替代的位置，乡土文化构成了汉语文学重要的精神和审美资源，那些具有丰富乡土经验和深刻洞察力的乡土作家事实上也在通过诗学语言来表达对社会、文化和人生的理解，并深刻影响、推动了现代中国文学的民族诗学表征和独特审美品质的形成。因此关于这个领域的探讨必然牵动乡土文学研究的范式变革以及针对现代性观念的理论反思，建构诗学的研究路径，实际上也是为了更有效地切入20世纪汉语文学的本土资源转化以及更广泛的跨文化传播、交往和认同的发生问题。现代中国文学中的乡土和农民承载了丰富的地方或历史想象，乡土叙事往往通过其深切的生存母题和隐喻模式，以及强烈的现实相关性和在文化表述中的重复使用，而成为一种具有高度修辞功能的情感力量，在现代国家意识塑造中发挥了直接的、不可替代的作用，也是现代中国人接续文化传统、连通集体文化意识、呈现现代困境和政治忧患的隐喻形式。在人类学与诗学的视野融合中，通过介入想象、集体意识、宗教经验等等无形的精神空间和富有感召力、超验性的艺术形式，可以突破一般文学研究诸多不可能的视域和权力法则的滥用，展示原初的民间想象方式和现代民族建构相似的原型密码、解释"变迁的文化与认同"。

战争、新村与启蒙的界限

追溯"五四运动"的国际性关联,"第一次世界大战"(时称"欧战")是不容忽视的因素,这不仅指"欧战"的消极后果所引起的国内民族主义情绪的激烈反弹,以及"十月革命"对中国道路的启示性,而且还包括针对战争及军国主义潮流的深刻反思。在"欧战"前后,中国知识分子与国际和平主义、无政府主义思潮进行了充分的联结和互动,以此丰富并深化了启蒙运动的世界主义(cosmopolitanism)内涵。《一个青年的梦》是日本白桦派代表作家武者小路实笃(Mushakoji Saneatsu,

以下简称"武者")创作的一部反战戏剧,该剧创作并发表于"欧战"期间(1916年《白桦》杂志第七卷三月号至十一月号),中国思想界对该剧的译介是在"欧战"已经结束、凡尔赛会议所直接引发的"五四"事件刚过去三个月之时(1919年8月),是时日本侵华野心更渐显露,思想界对"强权战胜公理"的国际新秩序倍感失望,该剧由周作人推荐、鲁迅亲自翻译,渐次发表于《国民公报》和《新青年》上,以《新青年》登载内容为定稿。发表同时,周作人、蔡元培、陈独秀以及胡适等都对该剧进行了积极的回应。围绕《一个青年的梦》的译介,形成了一次重要的思想文化事件,推动了新村理想的传播,并深刻卷入了国际性的思想互动,回顾这一历史,有助于理解"五四"启蒙思想的现实性、复杂性、内在张力与未来向度。

《一个青年的梦》戏剧结构比较复杂,不仅有层层嵌套的剧中剧,还有梦境与现实、冥界与生界、神灵与恶魔等层次之间的穿越互动,但是整体上是围绕青年"A"的梦游展开的,在《与支那未知的友人》中,武者提出拟将戏剧题目改为《A与战争》,[1]其意旨更为明晰地指向止战的可能主体——青年,对于武者而言,戏剧本身就是一种启蒙教育实践,所谓"梦境"实为战争幻觉构筑的镜像,它深入到思想主体晦暗与歧路重重的内部,意图以此重建思想主体的行动能力。在剧中,"不识者"尽管面容模糊,但是其严厉且智性的教导应是青年自身孱弱、内

---

[1] 周作人:《〈与支那未知的友人〉译者附记》,《新青年》第7卷第3号。

面"缺失"的精神反照,如鲁迅所叙之藤野先生——那个"不敢面对的人",恰是青年所焦虑并期待的精神导师,这种将青年锁定为启蒙和行动对象的意图正与中国新文化运动的精神进路高度契合。作为观念形式的戏剧表现广泛涉及了国家主义、动员政治、个人主义以及艺术、宗教、爱欲等诸多命题,彼此之间又矛盾纠缠,但武者显然并不满足于揭示事实和批判战争的恐怖,在他的心里应该有一个理想的、超越国家形态的世界构想,他在《自序》中提到,"我做这剧本,决不是想做问题剧。只因倘使不做触着这事实的东西,总觉得有些过意不去,所以便做了这样的东西","我希望从这忧虑上,生出新的这世界的秩序来,太不理会这忧虑,便反要收到可怕的结果。我希望:平和的理性的自然的生出这新秩序。血腥的事,我想能够避去多少,总是避去多少的好。这也不是单因为我胆怯,实在因为愿做平和的人民"。[1] 表现战争,是为了揭示支配战争的逻辑,而揭示这种逻辑,赋予了戏剧深刻的思想性,我们看到,该剧角色间的对话有很强的论辩色彩,其风格颇类似于柏拉图的《理想国》,这一方面使一些抽象的观念得以形象化、情境化地呈现,因而也更富有修辞的力量;另一方面也有助于戏剧矛盾的快速推进,对于社会现实具有高度的模拟性和思想介入能力。

在《一个青年的梦》中,战争作为批判与反思的起点是确定的。在第一幕中,通过"死者告诉活着的人",那些因战而死的鬼魂的演出渲

---

[1] [日]武者小路实笃:《一个青年的梦·自序》,《新青年》第7卷第2号。

染了死亡的恐怖,而地狱里迟来的友爱则反衬出战争的荒谬,这无疑是一种沉重的战争告诫,青年因此意识到战争的非理性,并作出了"战争根源于国家"这样的判断;在第四幕的剧中,恶魔的作祟胜过了神对人类的乐观,人格化的国家争斗尽管具有魔幻的表象,却无疑是"现实化"了的战争写照,其"现实性"不仅在于还原出了战争的逻辑,而且还明言了个人对于战争无可逃避的被动处境:以国家的视角——从积极的方面来看,以爱国的名义攻城掠地是利益和光荣;从消极的方面看,"亡国的恐怖,是谁的脑里,也都渗进着的",这让青年尤为觉得可怕,"一切生人,都以为战争是不可免的事,而且以为不爱战争似乎是一桩丢人的事。国家看那战争的事,比什么都害怕。说弱于战争,便是国家灭亡的意思"。在这种逻辑的支配下,"人们生在世上,似乎专为着做军备了。非互相杀害便生存不得的根性,渐渐要加强了;而且若不毁了别国,自国便发展不得的根性,渐渐要加强了",[1]恰如中了恶魔的诅咒一般:不用天灾和疾病,只要在人的头里下一两粒仇恨的种子,就足够相互灭亡了!

表面上看,战争源于国家之间的疑惧、不可遏止的工业和军备竞赛,各国均以为不如此便要亡国,最后都不由自主地卷入战争的旋涡。从内部机制上看,每个现代民族国家(nation state)都必须是高效的战争动员机器,其主权强化模式将每个国民都纳入到了竞争性国家关系

---

[1] 剧中引文均出自鲁迅译《一个青年的梦》,刊于《新青年》第7卷第2号至第5号,以下不再一一注释。

中,民族主义构成了现代国家的核心意识形态。在戏剧中,德大(指德国)快速崛起的关键就在于懂得如何通过爱国者和国贼的甄别宣传,取得军事动员的极大成功,成为后起国家的榜样;在第三幕第一场中,(日大的)村长这个角色就是国家动员中很重要的一层力量,村长以战争为名誉动员画家儿子参战,结果自己的儿子落了同样的命运。探讨军事动员的机制,除了制度化的义务强迫,武者更注意到是已经内化的集体无意识对个体的蛊惑驱动,"说到敌人这东西,是最容易发生敌忾心的。只要(遇到)一些事,立刻发恨,觉得只要能多杀人,便自己死了也可以。听到自己的同胞给人杀了,被人辱了,听到自己的祖国危险了,便觉得自己是不算什么的。这虽然可怕,但实在觉得如此。而且遇着敌人,单是杀了还不够,还想将他惨杀哩","忍辱这件事,在个人是美德,在国家是无比耻辱的了","杀人是不行的事,抢别人的东西是坏事,扰乱他人的平和与自由是讨厌的行为;但一为国家,这些恶德便不但得了许可,而且变了美德了",戏剧以朴素的形式呈现了狭隘民族主义形成的情感逻辑,威权操纵固然是一个方面,即使在人性本身,未尝不存在民族主义形成的根源,所以武者的人道主义更强调个人主体的理性决断,而不是集体认同,在这一点上人道主义思想似乎与国家主义有着天然的对立,而且人道主义所确立的人本价值对战争的毁灭本质是持根本拒斥的态度,但是其限度在于,来源于人性本身的竞争意识、好胜心以及荣誉感和恐惧感仍然有可能导致非理性的普遍冲突。第三幕第三场中,一群少年打群架的场景正呈现了个人在集体行动中的悖论处境,在伙伴们为了名誉采取一致行动的时候,青年原本想做和睦的使者,然而因为破坏了团结、影响了士气而被伙伴们殴打,但更吊诡的是,随着双方缠斗升级,青年见友人一方被杀,遂开枪反击,把对方开枪行凶的人杀死,自己最终也不免成为战争的参与者。青年被动采取的杀戮行为有助于认识个人在普遍的民族主义情绪中无可选择的处境,揭示了和平主义和非战论脱离现实实践的那一面,因而也受到了"不识者"的强烈质疑。

以调和论和绝对的非战论来对待战争,很容易变成不抵抗主义,抽象和静止的价值信条并不能转变为有效的行动,这是一种实践的困境。戏剧中出现的托钵和尚(乞丐)、学生、画家等是一群以艺术生活来对待战争的人,他们的行为呈现了对战争的不同反应方式。在第三幕第一场中,画家作画是强制遗忘和回避世事、避免自己被失子的悲伤击倒的一个办法;而乞丐和他周围的学生则是用狄奥根尼式的犬儒主义(Cynicism)态度对付世间的谬误和秩序。有些人对宗教的反战作用似乎还抱有一点希望,但戏剧中与宗教关联的场景却具有戏谑和荒诞的色彩:十个士兵与一个士兵遭遇,在彼此都以为享受着救赎的喜悦(摩头的意象)的时候,被俘虏的士兵却莫名其妙失去了性命。虽然耶稣、释迦不认国家,且以战争为罪恶,但是武者认为人们不可能从耶教佛教无我无爱,或不抵抗主义的倾向,得到一个没有战争的未来,在戏剧中,武者所塑造的神相对于恶魔是没有信心的形象,而执掌和平的女神,一直是"饥饿着""没有元气""一点事便哭"的样子,在这种戏剧表现上应该能够看出武者对神学价值的游离,说到底,武者的信心还是在"人"身上,寄托于民众的觉醒:一方面必须凭着民众的力量,改变国家的内容,形成人类的团结,从而消除战争发生的根源;另一方面,不能以集体的、国家的要求取代个人的位置,个人仍必须是自由的,"将人承认是人,真心图谋他的发达和幸福,战争便该消灭了"。在实践路径上,武者提出了建立一个"世界同盟",以消灭彼此"对于亡国的恐怖";关于战争的选择,他赞成"反抗征服的战争(如殖民地解放斗争)是国民可以承认的战争",反对除此之外的任何不义之战。在涉及日本军国主义的倾向上,武者也给予了毫不留情的批判,这也反映出日本思想界对于明治维新以来德国式帝国主义教育倾向的反思。

武者著作《一个青年的梦》始于他对不可遏止的战争逻辑的"恐怖"的判断,当年(1916年)对于日本在欧战中角色的反思,经由译介转换成了中国思想界对变动的世界关系的新思考,其中自然也包括日益恶化的中日关系,但是武者所主张的多元文明观、用人类的眼光而不是国家的眼光看事物,及其倡导的民族间互助、反对彼此妖魔化,以增进人类幸福为世界发展的根本目的,在该剧译介中仍然获得了中国知识分子的广泛认同。谈及译介该剧给中国人的原因,鲁迅提到,"《新青年》四卷五号里面,周起明曾说起《一个青年的梦》,我因此便也搜求了一本,将他看完,很受些感动:觉得思想很透彻,信心很强固,声音也很真。我对于'人人都是人类的相待,不是国家的相待,才得永久和平,但非从民众觉醒不可'这意思,极以为然,而且也相信将来总要做到",鲁迅敏锐地意识到该剧的启蒙意义,这是他所以动手翻译该剧的主要考量,这个"启蒙"与鲁迅的国民性省察是一脉相承的,"对于中国人爱好和平这句话,很有些怀疑,很觉得恐怖。我想如果中国有战前的德意志一半强,不知国民性是怎么一种颜色。现在是世界上有名的弱国,南北却还没有议和,打仗比欧战更长久",[1]"中国人自己诚然不善于战争,却并没有诅咒战争;自己诚然不愿出战,却并未同情于不愿出战的他人;虽然想到自己,却并没有想到他人的自己。譬如现在论及日本并吞朝鲜的事,每每有'朝鲜本我藩属'这一类话,只要听这口气,也足够教人害怕了","所以我以为这剧本也很可以医许多中国旧思想上的痼疾,因此也很有翻译成中文的意义",[2]鲁迅自觉承担了国民性精神的解剖,不免也对自己的民族根性感到怀疑、恐怖、羞耻,此处自我启蒙似乎首当要紧。鲁迅在《译者序》中提及翻译当口恰好孙伏园要让自己"做点东西",这种游移消沉的情绪几乎与钱玄同劝自己做小说时如出一辙,鲁迅的顾虑是"两面正在交恶",所以在外界看来翻译这个东西"不很相宜",也正是这一点游移和遮掩的私心,让鲁迅怀疑起"自己的根性",而翻译实践正是观念和行动之间的一种有力转换,一种对思想阴影的克服。鲁迅对于戏剧中的观念并不全然认同,比如关于德国的认知,在武者那里德国是日本学坏的先例,而在鲁

---

[1] 鲁迅:《一个青年的梦·译者序》,《新青年》第7卷第2号。
[2] 鲁迅:《一个青年的梦·译者序二》,《新青年》第7卷第2号。

迅这里却是弱国能够尽快团结起来的榜样,因为鲁迅对中国人窝里斗是深恶痛绝的,"中国开一个运动会,却每因为决赛而至于打架;日子早过去了,两面还仇恨着。在社会上,也大抵无端端的互相仇视,什么南北,什么省道府县,弄得无可开交,个个满脸苦相"。也许是基于思想中师承的关系,鲁迅应很不希望中日之间积怨仇恨,所以会真心认同武者关于互助与和平的理想主义,"现在国家这个东西,虽然依旧存在;但在人的真性,却一天比一天的流露:欧战未完时候,在外国报纸上,时时可以看到两军在停战中往来的美谈,战后相爱的至情。他们虽然还蒙在国的鼓子里,然而已经像竞走一般,走时是竞争者,走了是朋友了"。[1]及至"一二八"淞沪战事爆发,仓皇躲避战火的鲁迅仍未完全断绝"渡尽劫波兄弟在,相逢一笑泯恩仇"[2]的执念,可以判断,世界主义在鲁迅的思想脉络里是一个或隐或显的路向,当然,也一定是处于思想矛盾的漩涡之中。

在《新青年》第七卷第三号中,周作人、蔡元培、陈独秀接连发声,总体上看对《一个青年的梦》是持认同的意见,不过,关注的重点还是略有不同。他们都特别说明了武者等人与侵略者的分别,并强调要超越国家之间的分立来共同思考人类的问题。蔡元培认为,"现在中国人与日本人的感情,是坏极了,这因为日本对中国的态度,的确很不

---

[1] 鲁迅:《一个青年的梦·译者序二》,《新青年》第7卷第2号。
[2] 鲁迅:《题三义塔》,全诗为"奔霆飞焰歼人子,败井颓垣剩饿鸠。偶值大心离火宅,终遗高塔念瀛洲。精禽梦觉仍衔石,斗士诚坚共抗流。度尽劫波兄弟在,相逢一笑泯恩仇。"

好。但我们并不是说：凡有住在日本的一部分的人类，都是想借了中日亲善的口头禅，来侵略中国的。武者先生与他的新村同志，都抱了人道主义，决没有日本人与中国人的界限，是我们相信的","不但这一类的人，就是现在盲从了他们政府，赞成侵略主义的人，也一定有觉悟的一日，真心与中国人携手，同兄弟一样"。[1]作为行动上的建议，蔡元培提出应该像武者那样尽力唤醒更多的人，不但要唤醒本国的人，也要"去敲对方的门"，尽人类的义务；陈独秀非常认同武者心目中期待的那个"人"，即"肯为人类做事的人"，"不将手去染血，却流额上的汗；不借金钱的力，却委身与真理的人"，积极响应"互助"、人类本位的和平主义与世界主义的倡议。在《新青年》第七卷第二号《答半农的〈D—〉诗》中，陈独秀以浪漫主义的诗人气质描绘了一幅永续的时间与空间中没有疆界、没有仇敌、充满友爱的未来大同世界，与武者《寄一个支那兄弟的诗》[2]遥相呼应，可谓不谋而合。但相对于武者，陈独秀对帝国主义的扩张本质有更清醒的判断，其"人观"中的平民概念也更具有阶级化的色彩。

在译介过程中，周作人无疑是最重要的推手。表面上看，他与《一个青年的梦》的直接关联除了《读武者小路君所作〈一个青年的梦〉》与翻译《与支那友人的信》之外，似乎对该剧着墨不多，但其实更为紧密

---

[1] 蔡元培：《武者信与诗附记》，《新青年》第7卷第3号。
[2] 原载《新村》杂志第二年七月号，引自《新青年》第7卷第3号。

的关联多体现于他对日本白桦派新村实践的介绍。对于武者而言,新村实践与文艺实践是高度统一的,统一点就是"人的生活",这也是武者为代表的白桦派人道主义思想的核心,但这个人道主义是一种混合了托尔斯泰式的宗教道德关怀、普世主义的博爱及无政府思想的整合性观念,比如在涉及宗教性的方面,新村将释迦牟尼、耶稣、托尔斯泰、奥古斯特·罗丹的生日统统拿来作为祭日或重要节日,似乎保留了一些宗教的空气,但实际上是在文明交融的立场上将诸宗教作为超越性的"人类的意志";白桦派与托尔斯泰的渊源极深,但同时又超出了托尔斯泰的宗教人文限度,在个人自由这一点上其实又与尼采的思想进行了融合,更强调人在劳动、艺术中对于世界的创造价值;白桦派力图在"独立自由健全的个人"和"人类"之间建立平衡沟通,而非近代以来孤立的个人和"社会-国家"的视野,对于后者而言,个人只能是国家动员的对象(国民)。在《一个青年的梦》的第四幕,戏剧的场景转移到乡下简陋的戏棚,这实际上是第二幕乞丐和学生们故事的延伸,理想国在此具有了现实的外形,在武者的设想中,新村既赞美协力(互助),又赞美个性,既发展共同精神,又发展自由的精神,通过"协力的共同生活",可以解决自由的个人与集体、脑力劳动和体力劳动等诸多不平衡关系中的矛盾,以及阶层之间的隔阂,强调信任理性,从而避免暴力与战争的危害,最终实现世界的和平与大同。

因为喜欢和平,所以赞成新村。周作人引介新村的基础动力,还是在于《一个青年的梦》所表达的人道主义。明显地受到白桦派的影响,并且与《一个青年的梦》有直接关联,早在《人的文学》和《平民文学》中,周作人就在新文学的理论构想中体现了人道主义的思想印记,借助墨子"爱人不外己,己在所爱中"的"兼爱"等本土性思想脉络,周作人融通耶教的泛爱主义,为新文学建立了世界性的理想价值标准,在文学革命的语境中,这一人道主义主张排除了神学化的教条与纪律,具有强烈的启蒙意义,是对个人主义的重大促进,其主旨便是"改良人的关系"、创造普遍的"人"的理想生活,据此可见其与"新国民"一脉的显著区分。与陈独秀比较接近,此时周作人亦具有强烈的"平民"意识,尤感平民中存在的平等与和平观念之可贵,以为"中国的生机还未灭尽,就只在这一班'四等平民'中间"。[1] 也是在这个路向上,周作人更为明确地将启蒙运动的场域锁定在了乡村建设实践上,但又与此后梁漱溟、晏阳初及社会主义者的乡村建设不同,这种新村模式因为主要强调知识者的劳动义务、艺术生活和按需分配等无政府思想,具有自由主义和人道主义的空想性质,尤其要指出的是,在周作人这里,人道主义不是"悲天悯人"或"博施济众"的慈善主义,而是"个人主义的人间本位主义",所谓"平民"则主要在于人的概念的普遍化构想(common people),因而与陈独秀的"穷人"意义上的平民概念又有着明显的区分。周作人认为新村应该坚持个人主义的生活,"不从'真的个人主义'立脚,要去与社会服务,便容易投降社会,补苴葺漏的行点

―――――――
[1] 周作人:《游日本杂感》,《新青年》第6卷第6号。

仁政，这虽于贫民也不无小补，但与慈善事业，相差无几"，"他们（武者等）相信人如不互相帮助，不能得幸福的生活，决不是可以跳出社会，去过荒岛的生活的。他们又相信只要不与人类的意志——社会进化的法则相违反，人的个性是应该自由发展的"。[1] 意识归意识，既然脱离了具体社会关系的改造，实践起来就难免落空。这倒并不意味着周作人不关心日益尖锐的劳工与阶级问题，恰恰相反，正是普遍恶化的阶级矛盾构成了新村实践的思想背景。周作人目睹了日本国内物价飞涨、劳工困苦与罢工运动不断的状况，与此穷人处境截然对照，"成金"（Narikin，即暴发户）却穷奢极欲、一脸凶恶相，"阶级的冲突，决不是好事，但这一道沟，现在不但没有人想填平，反自己去掘深他，真是可惜之至了"，[2] 阶级冲突一定会关联到不同性质的国家政权之间的冲突，武者和周作人都清醒地意识到战争与世界革命的某种必然性，"现今世上，都以为别人的损失，便是自己的利益；外国的损失，便是本国的利益。……世上以为若非富归少数者所有，其余都是贫民，社会便不能保存；对于这宗思想的错误，我们也想就用事实来推翻他"，"新时代应该来了。无论迟早，世界的革命，总要发生；这便因为要使世间更为合理的缘故，使世间更为自由，更为'个人的'，又更为'人类的'缘故"，"对于这将来的时代，不先预备，必然要起革命"。[3]

---

[1] 周作人：《新村的理想与实际》，1920年6月23、24日《晨报》。
[2] 周作人：《游日本杂感》，《新青年》第6卷第6号。
[3] 周作人：《日本的新村》，《新青年》第6卷第3号。

但是在对革命的态度上,《一个青年的梦》明确传达了非暴力与反战的立场,而新村正是这种观念的实践形式,"新村的运动,便在提倡实行这人的生活,顺了必然的潮流,建立新社会的基础,以免将来的革命,省去一回无用的破坏损失"。[1]作为解决方案,新村运动实行"人的生活",将劳动作为第一重要的人生义务,针对的就是剥削和不劳而获,"现在这必不可缺的劳动,专叫一部分的人负担,其余的人都悠然度日,虽说是不得已的事情,决不是正当的事";[2]新村承认身体、智力的差别,所以更强调"各尽所能,按需分配","并不是说,叫一切人都变成现今的劳动者,也不是都变成现今的绅士:只说一切的人都是一样的人。是健全独立的,尽了对于人类的义务,却又完全发展自己个性的人。……一切的人只要尽了一定的劳动义务,便不要忧虑衣食住";[3]在国家的问题上,新村实践采取改良与妥协的路线,"上帝的归上帝,恺撒的归恺撒";对于社会变革的设想,他们相信人类,信托人间的理性,不赞成暴力,希望平和的造成新秩序来。与武者的设想多少有些出入,周作人理解的新村中人和人的关系更具有澄清、隐逸的特质——互助与独立相兼容,从弱国子民的心态来看,相对于列强的侵略主义压迫,新村之于中国的意义更在其"脱域"的保守一面,强调其脱离于资本主义竞争和国家机构的"异托邦"性质。周作人打了个

---

[1] 周作人:《日本的新村》,《新青年》第6卷第3号。
[2] 同上。
[3] 同上。

比方：就像对一所破屋的态度，有人要修、有人要拆，在新村的设想上，应是另建一新屋，给大家看，旧人见了新屋的好处，或可动心变过来——这就是此后国内大量出现的"模范村"的由来；周作人同时提出，也不能排除迷信发疯的情况，以致暴力终于兴起，在这种情况下新村也只能变为"隐逸"了。两年多以后周作人遁入"自己的园地"，虽然"人道主义"的理想还在，但实质上是部分退回了个人持守，走向他在新村推介初期所反对的"荒岛隐逸"。解剖周作人一以贯之的理路，他是把个人的自由与独立放了极端重要的位置，将牺牲个性等同于战争的非人性，在《自己的园地》中，他这样提到，"倘若用了什么名义，强迫人牺牲了个性去侍奉白痴的社会，——美其名曰迎合社会心理，——那简直与借了伦常之名强人忠君，借了国家之名强人战争一样的不合理了"，这种立场与之前的"个人主义"坚持并无根本区别。我们也可以记起此后鲁迅"铁屋呐喊"的譬喻与"荷戟独彷徨"的决绝战斗姿态，对照之间，可以看出周氏兄弟各自坚守"个人主义"的不同路径，鲁迅后期其实是从托尔斯泰式的人间情怀偏向了尼采式的绝对意志，而对国族现实问题的态度则明确标示了周氏兄弟启蒙实践的思想分际线。

个人主义与国家主义作为两个价值极点的相对性关系实际上也构成了启蒙运动的重要界限，循着"战争-国家-人（民族主义/个人主义）"这样一条不断逼近战争意识根源的路径，能够抵达启蒙的核心问题。"欧战"作为重要的思想遗产催生了中国早期的共产主义运动，并赋予了中国的启蒙运动以深远的世界主义内涵,不惟如此,它更在文明的意义上对工业主义所导致的资本主义全球扩张进行了批判和反思,并重新启动了启蒙的"传统"资源。在《一个青年的梦》推介过程中,陈独秀将国家侵略的原因归结为帝国主义的保守倾向,其是通过俄国的列宁主义、日本和意大利的社会民主派"反侵略"主张来进行反证的,在国内政策上,陈独秀在对北洋政府的军人政治猛烈抨击的同时,也批评那些自命为新学家的一班日本留学生贩卖爱国和卖国两种主义,讥其为真正的"日货",而这种货色本也是舶自欧美的国家主义,相比之下,陈独秀反倒更为肯定"中国古代学者"和"现代心地忠厚坦白的老百姓"所持有的"世界"或"天下"观念。陈独秀记起托尔斯泰给中国人的忠告,托尔斯泰在世纪初即奉劝中国人不要抛弃农业、不要羡慕西洋富强、不要迷信立宪政治、不要取武力抵抗主义,那时中国人不曾理会他的金玉良言,陈独秀希望青年切勿再漠视武者先生的倡议。[1] 细究起来,托尔斯泰的观念与当代学者厄内斯特·盖尔纳(Ernest Geller)竟然非常相合,盖尔纳将民族主义的产生与欧洲工业时代的来临结合在一起,认为风起云涌的民族主义运动往往发生在前工业社会向工业社会过渡的时候,而民族矛盾的激化必然转化为政治领域的激烈斗争,民族主义既是两次世界大战的后果,更是其根源。托尔斯泰从人道主义的角度经验性地预见了这一后果并对东方民族

---

[1] 陈独秀:《武者信与诗附记》,《新青年》第7卷第3号。

以警告,而陈独秀超出人道主义的限度将战争的根源与资本主义垄断性的分配体系联系在一起,认为只有消除了阶级对立的基础,才可能消除民族冲突的根源。

在新文化人物中间,胡适是不赞成周作人武者和周作人新村空想的一个代表,尽管他们在"非暴力"主张上相对一致,但实现社会进化的路径选择上却差异很大,此时的胡适似乎已经偏离了早期争个人独立的激进立场,对"个人主义"进行了清算,胡适在《非个人主义的新生活》中认为新村运动代表了一种危险的"独善的个人主义",新村采取的所谓和平的方法就是对社会现实的消极回避。胡适格外批评了《一个青年的梦》中流露的"无力"感,他认为这种无力感与日向新村的问题是一样的。[1] 相对于周作人,他的贡献在于规划了个人和国家之间"社会化"的公共领域。如果还是以旧屋子与新屋子相对关系的譬喻来观照新文化实践的差异,周作人、鲁迅、胡适与陈独秀之间展现了一个渐变的光谱,其实无论是"理性"还是"以人为根本目的"的启蒙教义,从来都不是真空中的范畴,知识分子对于现实关系的不同规划方式决定了启蒙运动的内部界限以及溢出个人主义限度的观念起源。

近代以来的中国逐渐卷入帝国主义主导的全球秩序,"富国强兵"几乎成为民族-国家现代化的唯一进路,中日关系与国际局势剧烈变动的现实深刻改变了人们的思想与行动,这导致了知识分子之间的高

---

[1] 胡适:《非个人主义的新生活》,《新潮》第 2 卷第 3 号。

度分化和内在精神矛盾。正如后来所看到的，武者和周作人在日本军国主义全面侵华问题上的暧昧态度在他们的思想中留下了不可抹除的污点，但重新思考启蒙运动中的世界主义构想，创造性地建构个人与共同体、普遍性与地方性之间的良性关系，以图最终消除战争的根源，仍然具有重要的现实意义。

劳工何以神圣？

1918年11月16日,距离一战刚刚终战才过5天,蔡元培在北京天安门举行的庆祝协约国胜利大会上发表演说,指出此次世界大战争协约国能取得胜利,不能忽视"在法国的十五万华工"的贡献,他由此大声疾呼"劳工神圣",虽然在蔡元培的眼里,"不但是金工、木工等等,凡是用自己的劳力作成有益他人的事业,不管他用的是体力、是脑力,都是劳工",但是这个口号无疑给予了一战华工以高度的历史评价,并且宣布一个劳工的世界已经来临。在此之前,华工以及华工所代表的下层劳动者几乎从未得到过如此具有划时代意义的美誉。在1920年"五一"国际劳动节来临之际，蔡元培的手书大字"劳工神圣"刊载于《新青年》第七卷第六号(劳动节纪念号)上，此时的《新青年》已逐渐呈现出社会革命的历史转向特征，"劳工神圣"这一符号开始具有更为明显的阶级色彩。

劳工是Labor的翻译，一战中国劳工的英文名称是Chinese Labor Corps(CLC)，在一战前后的国际语境中，对劳工更为经常性使用的称呼是苦力(coolie)，它不但在日常口头使用，也频频出现在协约国的官方文书中。根据加拿大学者毕安国的考证，Coolie这个词在17世纪开始使用，指干体力活的劳工，特别是亚洲劳工。到19世纪末，该词更有贬义色彩，"有关亚洲苦力的形象，成了白人殖民者的殖民地文化中抹不掉的组成部分"，而中文语境中，"苦力"两个字，表示"艰苦的工作"。[1]其实在华人悲惨的移民史中，"苦力"相对于"猪仔"已经算是一个好词了，在南洋、美洲和大洋洲(大多是英国的殖民地)的华工，一般有契约劳工(苦力)和债奴(猪仔)两种类型。有一种说法，人口贩子把大群华工塞进远洋轮船拥挤不堪的底层统舱，同运猪一样，所以形象地称为贩运猪仔，不管怎样，把人比作畜类，象征着华工的奴隶地位。[2]对于后者而言，基本等同于奴隶贸易，人权根本得不到保障。

---

[1] [加]毕安国(Glen Peterson):《穿越加拿大的"华工团"运送行动》《一战华工在法国》，吉林出版集团，2015年1月第1版，第102页。

[2] 陈翰笙主编:《华工出国史料汇编·第一辑》，中华书局，1985年2月第1版，第4、5页。

虽然一战华工从整体上属于契约劳工，但是并没有从根本上改变华工受到殖民压迫和劳动剥削的历史处境。不仅如此，"苦力"这个词还附加了一些殖民主义者对待（半）殖民地人民根深蒂固的文化偏见，比如肮脏、不守纪律、群体斗殴、盗窃等等所谓"非文明化"的特征。

一战后期，有关华工的"坏故事"在法国北部和整个弗兰德斯广泛流传，很多其他移民或军人干的坏事也被安在了华工头上。这些过来帮助自己打仗的"天之子"（fils du Ciel）怎么变成"不受欢迎的天朝人"了呢？法国学者菲利普·尼维特和帕特里斯·马赫斯尤认为这来自于当地居民对外来者的一种敌意，而比利时弗兰德斯战地博物馆馆长邓多文发现这种敌意在战后表现得尤其明显，比如弗兰德斯地区在战争中曾经对华工的欢迎在战后变成了排斥，"战后，华工被安排干重活（清理战场），所有的坏事都算到他们头上，各种悬而未决的重案轻案，均由他们做替罪羊"，[1]这种敌意跟当地居民对英军的不信任以及对外来者造成"威胁"的感觉有关，基督教青年会的一份报告甚至认为，如果华工在停战协定刚签署时就离开，他们会是带着西方的高度赞誉返回祖国。从语境化的角度来看，这种现象其实是当地居民战后恐慌和焦虑的一种投射，而处于弱势地位的外来人群就被想当然地成为承担所有恶行的舆论牺牲品。

在官方档案资料和当地民众针对华工的记录或传说中，混合了大

---

[1] [比] 多米尼克·邓多文（Dominiek Dendooven）：《西弗兰德斯"华工团"的传说与真相》，《一战华工在法国》，吉林出版集团，2015年1月第1版，第411页。

量复杂的、相互矛盾的叙述,有正面的,也有负面的,我们必须警惕任何一种整体性的污名化的倾向,认真辨析其中涉及的管理、文化差异和具体语境,而抗争问题是需要特别注意的一个方面,目前可见的资料中绝大多数的华工斗殴行为均是因为受到了不公平的对待,这种不公平的对待既包括来自欧美群体的,也包括来自华工内部的。华工事务专员李骏在报告中记录了大量关于在法华工因不满待遇问题而罢工的事件;在比利时霍伊弗兰韦斯特英国军人墓地(Westoutre British Cemetery, Heuvelland)埋葬有死于1917年圣诞节的三位直隶华工:文安县吴恩禄、宁河县张鸿安、沧州张治德,根据档案记载,三位华工因与新西兰军人发生冲突而被枪杀;华工陈宝玉回忆驻法国昂得瑞克期间与当地人民相处融洽(与顾杏卿描述的情况一致),但遭遇美国士兵的歧视和挑衅,最后导致一场斗殴,双方多人受伤;[1]张邦永、赵山林的回忆中,则都有华工针对英方管理者、中方把头(工头)恶行的群体反抗,并有少数把头被打死。英方对华工的管理参照的是军事条例,往往非常严苛,不少华工因为受不了军方的虐待而出逃或引起群体哗变,大多数类似事件都遭到残酷弹压,有些华工也因此在反抗、斗殴或连带的命案中被判处死刑,整个战争期间,至少有十名以上华工被军法处死,更有许多华工被作为犯人关进改造营(时称"英雄营"),遭受非人处罚。这里有一个看起来更像冤案的故事,是由一位参与行

---

[1] 陈宝玉:《我在欧洲当华工》,《天津文史资料选辑》,天津人民出版社,1996年3月第1版,第158、159页。

刑的英国上尉 W. T. Munday 讲述的,他详细记录了编号为 16174 的华工 Chang Ju Chih 被处死的过程:这名华工被控谋杀一位妇女和她的三个孩子,虽然他一直矢口否认,但是军事法庭仍然判处他死刑。这位军医说,他死得很勇敢,要求(行刑时)不要蒙住他的眼睛并允许他死前唱一首圣歌。我们今天可能再也无法考证出这些罪名下的华工是否真的有罪,但是毫无疑问,将战争期间和战后一段时期导致混乱的现象简单归罪给为华工显然是不客观的。

"缺乏教育",也是推行华工教育的一些知识分子对华工最初的看法,这种看法基本上是客观的,因为我们不能否认一些华工从前现代的底层社会带来的恶习,比如赌博、嫖娼、缺乏公共意识等等,但这是一个实践问题,而不是一个本质论的国民性问题。随着华法教育会、留法俭学会、基督教青年会对华工教育的参与和贡献——虽然后者参与华工教育的时间不长、不能作过高评价,可是这些参与者仍然真实感受到了华工迅速的成长和变化,基督教青年会干事傅葆琛看到了华工的多才多艺、有效的组织能力和丰富的创造力,联系到他们对民族、国家所做的巨大贡献,因此称他们为"无名英雄"。[1] 在这个变化过程中,文化、识字教育起一定作用,战场上和劳动中的集体组织、养成训练也起一定的作用,强烈的外部刺激和切身经验推动了这些"无意识的贡献者"或者被役使的"工具"逐渐转变为"有自觉意识的国民"。

---

[1] 傅葆琛:《华工教育的追忆》,《傅葆琛教育论著选》,人民教育出版社,1994 年 1 月第 1 版,第 410 页。

张邦永在回忆中讲到一个叫张彦彬的华工就很具代表性,张彦彬被招募进来时脑后还拖着一根长辫子——尽管民国建立已历4—5年,但这种现象在当时并不是少数,[1]这个叫张彦彬的人本来是教书出身,身上还有些拳脚功夫,平时被人称为"先生",就是死活不肯让人剪辫子,随着战地劳动过程中维权斗争的激化,工人们越来越紧密地团结起来,"先生"也逐渐成为工人们谋事的"主心骨",反抗斗争取得一次次的胜利,经过与翻译张邦永讨论民族身份的问题之后,他头上的辫子也在某天晚上被自己悄悄剪掉了,连张邦永也不由地对这位"先生"萌生出敬意。[2]华工教育不只是自上而下或者由西化的知识分子所带来的,华工的自我教育也不容忽视,其实在华工群体中有为数不少的像张邦永这样的"先生",比如孙干、马春苓、蒋镜海、杨叙之等等,他们较早地具有了朴素的民族意识和政治自觉,并影响了周围的华工。

从外部环境来讲,华工形象的提升也有"时势造英雄"之意,英法官方随着战争的推进对华工的称谓也悄然发生了一些变化,比如在1917年8月19日法国殖民地劳工处的官方信函中就将华工称作"协约国成员国的国民",他们"响应号召,自愿来到法国,支持协约国的共同事业,他们努力工作,为保卫国家而贡献力量","对他们要给予应有

---

[1] 《华工赴欧之实况》记载:应募工人,留辫者居其多数,应募时并不强迫其剪辫,故第一批华工抵法时,有垂辫者、有盘辫于帽者、有藏辫于衣中者,其后由华人自行发起,捐集奖金,凡剪辫者,得领取之,由是去辫者甚为踊跃。此文刊于《东方杂志》第18卷第6期。
[2] 张邦永:《华工参加第一次世界大战的片段回忆》,《文史资料选辑》第38辑,文史资料出版社,1963年8月初版,第1—22页。

的尊重和礼让","在任何情况下都不能对他们侮辱、虐待";〔1〕在死亡华工的丧葬安排上,英国也同意了将华工与本国士兵平等对待的建议。而随着战争的胜利,华工为中国争得战胜国地位这个观点已在中国的有识之士中间获得广泛的认同。

而晏阳初对华工的看法体现了一种具有标志意义的创造性转义,他说"与苦力相处,这才知道苦力的情形,知道苦力的'苦'和苦力的'力',他们的体力固在吾人之上,而智力亦不在吾人之下,所不同者,只在教育的机会"。〔2〕具有西方留学经验的晏阳初显然了解"苦力"的初始语义及其背后的殖民主义生产机制,因此晏阳初的创造性转义最首要的贡献应该是重新赋予劳工以一种普遍的人文意义,这种人文意义的实现经过了去殖民化和去工具化的意识形态超克过程,而只有建立在"普遍的人"这个层次上,才能产生人类的同情,即感知到苦力的苦;也只有建立在"普遍的人"的层次上,才能克服他者化的排异反应,将工具化的苦力还原为具有成长性的生命个体。至于"力"的培养和激发,1920年代在中国大地上开始兴起的"平民教育"和"乡村建设"运动,生动诠释了华工教育承载的将"四民"百姓改造为强健明智、有益社会的新国民的知识分子理想,结合"平民主义"所具有的

---

〔1〕 [法]文森特·思冷热(Vincent Szlingier):《殖民地劳工中的华工》《一战华工在法国》,吉林出版集团,2015年1月第1版,第336、337页。
〔2〕 晏阳初:《关于平民教育精神的讲话》,《平民教育与乡村建设运动》,商务印书馆,2014年第1版,第34、33页。

Democracy 含义,华工政治参与能力的培养也包含在这种理想性构想之中。

与蔡元培同期发表演讲的李大钊在肯定了"劳工主义战胜"的基础上,更强调了从俄国革命到世界革命的"新潮流",在这个新潮流的革命发展中,要"使一切人人变成工人",[1]李大钊把劳工作为进步阶级的观念有着更为具体、明确的国际劳工运动和俄国劳农党革命的背景,这相比较泛劳动主义的主张更进了一步,但毫无疑问也共享着由一战劳工价值提升而来的尊重劳动者、反对游民懒惰和不劳而获、批判儒家分业与劳心治人等观念共识。可以说,正是由于华工首次大规模以正面形象登上国际政治舞台,有组织地参与国际、国内劳工抗争活动,也标志了中国劳工解放运动的真正开端。但是长期以来主流的劳工叙述与一战华工之间一直存在着较大的断裂,神圣往往只是停留在书面上的象征,几乎所有归国华工都没有再获得半点与"劳工神圣"相匹配的优待和回馈,华工孙干说,"(尽管)所做对国家有功,国家亦一概轻看,一概蔑视,可胜叹哉!"[2]在国际语境中,神圣还可以被翻译成 sacred,它和牺牲 sacrifice 这个词具有同源性,如果在这个意义上来转译"劳工神圣",似乎又有一些意味深长的理解。

---

[1] 李大钊:《庶民的胜利》,《北京大学日刊》第 260 号,1918 年 11 月 27 日。
[2] 孙干:《欧战华工记》,《淄博文史资料》2009 年 7 月第 1 版,鲁淄新出准字(2009)ZBF—024 号,第 152 页。

生活空间与左翼想象

　　作为旅行者，如果以按图索骥的方式在上海寻找探访目的地的话，地铁与轻轨系统可算是最好的标示方式之一。沿着轻轨三号线一路北行，过上海火车站不久就是东宝兴路站和虹口足球场站，两站间隔不过2—3分钟，列车快速掠过脚下的水泥森林，假如不是为着特殊的寻访目的，旅行者一般不会留意到隐藏在高楼大厦缝隙里的灰红色的砖瓦里弄以及由它们所贮藏着的一个多世纪的历史文化讯息。

　　出东宝兴路轻轨站，脚下就是一条名为俞泾浦的河道，这条河道与苏州河一样都通往黄浦江。俞泾浦北岸跟河道平行的一条小路叫横浜路。横浜路其实就像一个里弄菜场,卖炸货、烧饼和卤肉的摊子一个个排下去,生活的味道扑面而来。一个水果摊快要摆到了街心,巡查经过的片儿警式的城管员在用商量的口气跟小贩拉扯:"侬晓得伐,出了啥子事体,阿拉日子都弗好过……"在老百姓的日常生活中,上海还是老样子,只不过伴随着城市发展的脚步,这种里弄空间越来越多地被方格子公寓和城市巨无霸所挤占掉,而横浜路上的熙熙攘攘多少能让人找到一点时间回流的感觉。东横浜路35弄就是曾经在1930年代前后汇聚左翼巨擘的景云里。根据上海地方志记载,景云里建于1925年,由3排坐北朝南的3层砖木结构石库门楼房组成,目前可以看到的景云里已经拆掉了很多,并用施工围栏遮挡起来,现在景云里通向多伦路的是一条由鲁迅、陈望道、茅盾、叶圣陶、瞿秋白、冯雪峰等人的"脚印"连缀起来的小道,不过粗糙的水泥砌成的脚印总让人感觉到刻意仿照的痕迹,倒不如小路边上一棵一人合围、枝丫朝天的老树枯木,可使人在时光恍惚中发出诸如"古木犹在,斯人已逝"般的感喟。1927年10月,鲁迅由广州来上海后没几天就搬入景云里,在景云里住了大约两年零七个月,周海婴就是在此间出生的。鲁迅来景云里的原因,大概是考虑到在商务印书馆工作的三弟周建人住在此处,往来比较方便些;同时因为商务印书馆和文学研究会的这层关系,《小说月报》同人也汇集于此,与鲁迅彼此相熟:沈雁冰1927年大革命失败后栖身景云里三楼的一处房间,在此期间用"茅盾"的笔名写作了

"蚀"三部曲;接替郑振铎主编《小说月报》的叶圣陶1927年5月迁入景云里,一直住到1932年春天——他们都是周建人的邻居。1928年2月,沈雁冰离开景云里前往日本避乱,他住过的地方就让给了冯雪峰;柔石则在1928年10月间入住景云里,并在周建人家搭伙;1927年11月至1928年2月间郭沫若也曾经隐身于距景云里不远的多伦路201弄89号(原窦乐安路110号)。鲁迅在景云里期间,除了茅盾、叶圣陶这些"旧识",还结识交了冯雪峰、柔石、殷夫等左翼进步青年,并与内山完造等外国友人来往。"中国左翼作家联盟"(以下简称"左联")成立前后,景云里到北四川路一带已成为左翼文化界活动的重要区域。

穿过东横浜路,就到了多伦路,大概是因为临近世博会,多伦路上很多老房子也都在重新进行修葺,整条街道弥漫着刺鼻的油漆、涂料和建材的味道。多伦路呈"L"形,这里据说原本是无名河浜,1911年被一个叫窦乐安(John Litt Darroch)的英国传教士买下,因为地价便宜、水陆交通便捷,又属租界和华界管理模糊地带,建房无需审批,所以吸引了英、法、荷、日等各国侨民和中国富商在此填河取地、堆金造屋,欧式洋房、南洋侨屋、伊斯兰风格以及日西合璧的公寓、新派石库门建筑等等,奇特地混杂在方圆不到一公里的空间内,竟意外地为上海留下了一个区别于外滩商用建筑特色的"万国民宅建筑群",多伦路的原称"窦乐安路"也因此而来,到汪伪期间,上海公共租界被收回,当局又以内蒙古多伦县名替代了这个具有西方殖民色彩的名字。左联会址纪念馆在"L"字形上半部"丨"的中间位置,从多伦路转入201弄

(原窦乐安路233号)西行数十步就可以找到这幢建于1924年的西式老建筑。1930年3月2日"左联"成立大会就是在这个房子里面召开,但当时这个地方是中华艺术大学校址——虽说名为"大学",实际是租借民宅,上下不过三层楼,且房间全是居室的样子,看来只能满足教员办公和小班开课。与街对面不远处透着法国贵族气派的"白公馆"、"汤公馆"相比,这个建筑更具平民或中产阶级气质。老建筑整体采用的是典型的横三段结构,正面呈对称形制,建筑理念典雅中和,但细部却又不失精致活泼,而且从山墙和窗缘的雕花造型上似乎可见荷兰阿姆斯特丹运河沿岸老建筑的身影。我忍不住地联想:在上个世纪很早的时候,一个具有生意头脑的荷兰人从阿姆斯特丹漂洋过海来到这片异乡土地辛苦打拼,等有了些许积蓄之后,他将眼光投向这块廉价的土地,依照故乡建筑的大致轮廓终于修造了一处属于自己的住所,聊以慰藉自己时时泛起的乡愁……

1925年,中华艺术大学于闸北青云路开办,不久即迁到窦乐安路这所民宅。由于办学过程中学生意见较大,到1928年的时候,中共趁机接手中华艺术大学,作为左翼文化活动的掩护。离开被国民党强行关闭的上海大学以后,陈望道受邀担任中华艺术大学的校长,也应该是经过陈望道等人的同意,相住不远的左翼同人可以就近在这个洋房里召开"左联"成立大会——即使以"老年"鲁迅蹒跚的脚步来计算,从景云里步行到中华艺术大学也不过三五分钟。洋房室内木工装饰接近中式风格,地面或用木地板铺设,考究而且实用。在房子一层南向客厅的位置,复现了"左联"成立大会时的样子:英式天花板和吊灯,马赛克釉面地砖,西面墙上挂着一块黑板,一张讲台和几排中式条凳,空间显得有些促狭;而现在房子二层的大部分则开辟成了"左联"史料陈列室。"左联"从1930年成立到1936年初解散,存在时间长达六年,在六年时间里,"左联"发展为拥有数百名盟员并在国内外不少地方设有分部的组织,实际上部分地替代了地下党在文艺战线上的活动。在这个洋房一楼的储藏室,我见到一块写有"中共江苏省委旧址"的牌子扭曲地躺在角落并布满了灰尘。中共江苏省委旧址在恒丰里的一处石库门建筑里(今山阴路69弄90号),1927年6月时任江苏省委书记的陈延年(陈独秀的长子)等人就是在那里被捕,后被残酷杀害。当时上海地下党组织受中共江苏省委领导,而"左联"成立之初的骨干人员有不少来自地下党闸北等小组(支部),但据冯雪峰等人的回忆,"左联"的党团直属中共文委,"左联"与中共江苏省委之间是什么关系现在还不能完全说清楚,我也不知道中共江苏省委旧址的牌子为什么会"流落"到这里。实地的空间场景和陈旧的物件混合在一起似乎生产出一种全息图景般的"真实"历史效果,我们置身于不同面目的讲述者中间,却仍然无法弥合历史陈述的裂隙,事实上时至今日,关于"左联"成立大会的参加人数、所有参加者的姓名仍然没有得到完全确认,而(包括不同当事人在内)关于"左联"功过是非的评价更是充满了无法调和的矛盾。1936年初,"左联"无声落幕。在"左联"存续的6年时间里,因为上海在左翼文艺运动以至国际共产主义运动中特殊的位置,它不可避免地卷入了共产主义运动内部的复杂冲突以及实践悖论，但无论如何，关于信仰、关于文艺运动的道义使命在青年人的鲜血中获得了最沉重的诠释，鲁迅的愤怒和痛楚终于凝固成《为了忘却的纪念》，而青春和自由的陨落则在今天释放出更多复杂的意味。"左联会址纪念馆"外面是一个小花园，"左联五烈士"的塑像就静静地矗立在花园角落里，尽管这里不是烈士赴死之地，但也算信仰缘起的地方，这和史料陈列室里冯铿那件布满弹痕的毛衫一起总能够提示生命的真切以及历史中并不飘渺的所在。

"左联会址纪念馆"迁入现址之前，现在的多伦路145号（原窦乐安路号）在1989—2001年间也曾经开辟为纪念馆，根据介绍，这个建筑曾经作为中华艺术大学的学生宿舍使用，并一度被误认为是"左联"成立大会的会址，后经一些当事人指认并提供佐证照片，才最后确定现在多伦路201弄2号的房子是中华艺术大学原址。多伦路145号这个花园洋房坐北朝南，是三层砖木结构，与荷兰人房子的风格迥然不同，其整体特征特别是在券柱外廊设置上与苏州河畔的圣约翰大学思颜堂、怀施堂类似：一方面具有东南亚殖民地建筑风格，另一方面也有中西合璧的特征，这一类建筑形式在19世纪末20世纪初也流行于中国东南部地区。这个建筑距离景云里更近一些，从这里东行不远，就是鲁迅、冯雪峰、田汉、夏衍、郑伯齐、蒋光慈等12人召开"左联"筹备委员会的公啡咖啡馆——时光倒流回80年前，在多伦路川流不息的人群中，应该会时常出现一个矮小瘦弱的"老人"出景云里踯躅地走过街心，然后拐入一家书店或咖啡馆，他固执和焦虑的会稽口音在周围年轻人的喧嚣包围中渐渐被淹没……

鲁迅在景云里先后换住过几个地方，据说还是因为过于嘈杂和阴冷，他们一家在1930年5月搬离景云里迁入不远处北四川路条件更好一些的拉摩莫斯公寓（北川公寓），鲁迅又在这里住了将近三年。追随鲁迅，冯雪峰当时住在拉摩斯公寓一间地下室里。拉摩莫斯公寓是一幢钢筋混凝土的四层楼房，由英国人拉摩斯建造，外观（特别是阳台设计）在今天看起来仍然显得相当"摩登"。鲁迅住在拉摩斯公寓的三楼，透过窗子，可以看到街对面的内山书店，这对于鲁迅来说既安全又方便，他与共产党组织的联络以及会见左翼进步青年往往就是通过内山书店做掩护。这段时间，鲁迅会见了在上海养病的陈赓，在冯雪峰的引见下，鲁迅结识了瞿秋白，丁玲也在这里拜访了鲁迅。拉摩斯公寓斜对面就是日本海军陆战队司令部，1932年"一·二八"淞沪战事爆发，房子处在火线之下，有时"附近每20分钟落下一颗炮弹"（镰田诚一），在内山完造等人的帮助下，鲁迅与周建人两家人先后躲藏于北四川路和英租界的内山书店，直到3月19日才回到拉摩斯公寓。

从拉摩斯公寓出来，经北四川路过内山书店然后北行，就是山阴路（原施高塔路，Scott Road），一位叫达奇珍的上海市民经过考证后认为Scott与苏格兰这个名称有关。这条马路为英租界越界筑路的产物，同多伦路一样，汪伪政府在接收租界时将施高塔路更名为山阴路，汪精卫祖籍山阴，因此更名背后多少有些马屁嫌疑。与北四川路一带车水马龙的喧闹景象不同,也和景云里一带破旧混乱的景象不同,山阴路和溧阳路由别墅洋房和精致里弄构成的建筑群落闹中取静,隐隐透露出沉静幽雅的味道。根据资料,1930年代这里的住户,除了大有来头的人之外,主要是医生、律师、教授或高级职员等中产阶层。鲁迅在1933年4月由拉摩斯公寓搬迁到大陆新村9号(山阴路132弄9号),也就是今天鲁迅故居所在的位置。大陆新村建于1930年代初期,由当时大陆银行上海信托部投资建造,与山阴路对面花园洋房相比,大陆新村六个里弄、三层高的红色砖瓦建筑整齐地一气排开,显得尤其与众不同。鲁迅在大陆新村度过了人生的最后时光,在此期间,萧红成了鲁迅家的常客。

鲁迅的东面隔壁,住的是谢旦如一家,今天谢家的底楼已经变成了鲁迅故居的售票处。瞿秋白夫妇避难沪上,辗转之后,从1933年3月起藏身于谢家。关于鲁迅与瞿秋白的密切交往,可见之于瞿秋白夫人杨之华的回忆:"那时候,鲁迅几乎每天来看我们,和秋白谈论政治、时事、文艺各方面的事情,乐而忘返。秋白一见鲁迅就立即改变了不爱说话的性格,两人边说边笑,有时哈哈大笑,驱走了像牢笼似的小亭子间里不自由的闷人气氛",这段交往以至于使晚年的鲁迅发出"人生得一知己足矣,斯世当以同怀视之"的喟叹,看来这的确是很难得的友谊。根据《鲁迅与我七十年》里的记载,周海婴在这里的童年记忆并不缺乏快乐,其中很重要的一项就是看电影。周海婴在父母的陪伴下观看了《米老鼠》等好莱坞新潮的卡通片,有人统计,鲁迅在大陆新村三年多的时间里,共与家人看了90多场电影,去看电影的时候,可以从施高塔路路角的汽车行招呼一辆出租车,车资一元,外加"酒钱"二角,一般回来的时候,周海婴已经在车上睡着。在大陆新村以及周围其他公寓、洋房里,住着越来越多的日本侨民,作为在这一块"半殖民地"(鲁迅以"且介亭"名之)里卑微民族身份的佐证,周海婴也保留了一份"屈辱"的童年记忆——因为常有日本小孩子来欺负,丢石块、喊"八格牙鲁",原是铁栅式的大陆新村自家大门,后来只得封上了洋铁皮。那时候大陆新村再往北,除了青纱遮目的玉米田野,就是作为儿童乐园的虹口公园(今鲁迅公园),周海婴由保姆陪伴会来到这里游玩,但是如果有日本小孩子在场,就容易发生拉扯推搡、争夺玩具的事情,中国孩子一般也只能忍让了事。今天鲁迅纪念馆对面的草地依然是孩子们的天地,只是草地上多了一尊裴多菲的塑像,塑像的基座刻着有关生命、爱情和自由的名辞,而在周围嬉闹玩耍的孩子们显然已经不会感受到先辈们的屈辱、愤怒和激情;而公园的其他角落,也变成了"红歌"的海洋——这里几乎每天都有一群群的市民自发地聚在一起咏唱"革命"歌曲或者那些具有鲜明历史印迹的"民歌"。

从景云里经历几次左转、前行,终于走到鲁迅生命的归宿地——鲁迅墓。在这段我们可以用半个钟头走完的路程中,鲁迅以父亲和左翼斗士的身份燃烬了生命的最后能量。80年前,在这片"半殖民地"以及中产阶级式的生活场域中曾经孕育了左翼文化运动的闪耀火种;而时光荏苒,前辈鲜血流经之处,今天已然成为新的时尚地标和消费指南。

战时中国与乡土叙事

写《赞美》这首诗的时候,战火正酣,23岁的穆旦在西南一隅遥望故土,感怀忧患和命运,思考着土地、生死和历史的轮回,在农民的身上铺展开家国的想象。尽管是写农民,但这首诗还是具有明显的知识分子抽象风格,此刻的农民已然成了历史化民族叙事中的象征母题,所谓的"大历史"仍然是这首诗实际的主角。这是一个非常有趣和普遍的现象,以农民形象和其他各种乡土符号作为核心的叙事方式和诗学话语在抗战时期不断重复出现,诸如艾青《雪落在中国的土地上》

(1937)、徐迟《中国的故乡》(1941)、戴望舒《我用残损的手掌》(1942)等等，它们的基本母题包括土地、家园、世代赓续、危机和共同命运等，我们可以在这些线索中间发现相对趋近的想象或者情感共鸣。现代中国文学中的乡土和农民往往承载了沉重的民族、历史想象，尤其是在关乎国族危亡的战争时期和激烈的文化转型期，厚重的乡土更容易变成一种群体性的精神寄托和生存信仰——几乎没有一个时期的文学能像1937—1949这个时段如此直接地承担起民族的想象与政治的诉求，而其中主要的经验资源又密集地投射在农民和乡土符号上。在血与火的战争风云和心灵挣扎中，或许只有透过乡土和农民这样的符号才能够让现代中国知识分子寻找到家国情思的寄托，安顿民族的忧患与慰藉。文学叙事中频繁使用的乡村隐喻、象征符号群，渗透着强大的意识形态建构能力，构成了那个时代宏大的历史叙事和命运共同体的观念基础，乡土情怀成为家国同构观念中特别具有凝聚力和生长力的情感内核，在这个时候，乡土文学也许就是一部浓缩现代中国知识分子乡愁、忧患和灵魂的史诗。

1937—1949这个时段的中国文学可以笼统地归入"战时文学"[1]的框架——这个战争时期跨越"抗日战争"和"解放战争"两个

---

[1] 1937—1949年这个时段的切分不是绝对的，事实上战前战后小说有着发展的连续性（且不论"九一八"已经将中国拖入了民族解放战争，《八月的乡村》《生死场》等作品也已经具有战时文学的明显特征），而且根据地、解放区文学又与十七年文学更有着内在的同质性，在考察战时文学乡土叙事时，我们会涉及一些超出1937—1949这个时段的乡土叙事文本。

阶段,尽管抗日战争、"解放战争"(或称"第三次国内革命战争")在所谓历史性质上并不能简单地混为一谈,但是在战争时代存在着普遍的战争氛围、动荡残酷的生存压力以及相似的文化心理发生结构,这必然会从整体上深刻影响到这个时代的文学观念和创作实践。陈思和曾提出:"从20世纪中国文化的发展来看,两个阶段是非常明显的:第一阶段是由本世纪的东西文化撞击和辛亥革命的政治变革为开端的启蒙时期文化,它以'五四'新文化运动为成熟标志;第二阶段是由抗战为起点,而以人民共和国成立为成熟标志的战时文化"。[1]陈思和所指的"第二个阶段"其实也是学界习惯上对现代中国文学"第三个十年"划取的范围,1937—1949这个时段的文学选择了占中国人口绝大多数的农民作为主要表现对象和接受群体,是"以农民为主体的民族解放与革命战争条件下的文学;特殊的历史环境,要求文学肩负起特殊的使命,形成不同于前两个十年的另一种文学风貌",[2]王瑶提出,与"前两个十年"相比,这个时段的中国文学可以归纳为两个基本的特点:1. 它是在"全民族战争"的特殊条件下的文学,强调文学服务于战争的政治性和工具性,重视文学的宣传、教育、示范和组织动员能力;

---

[1] 陈思和把这个时段文学的深层次的制约因素称为"战争文化心理",它在当代文学观念中表现为三个突出的特征:一、明确的目的性和功利性,文学宣传职能与文学真实性相冲突;二、二分法思维习惯被滥用,文学创作出现各种雷同化模式;三、英雄主义和乐观主义基调的确立,社会主义悲剧被取消。见陈思和:《秋里拾叶录》,山东友谊出版社,2005年4月第1版,第124—130页。

[2]《中国新文学大系1937—1949·文学理论卷一》,上海文艺出版社,1990年12月第1版,第1—15页。

2. 文学的大众化与民族化成为这一时期文艺理论与文艺思潮的中心课题,使新文学与传统文化(尤其是民间文化)、农民阶级之间的关系发生了根本性的调整。王瑶和陈思和都强调了1937—1949这个时段的内在延续性和历史过渡性特征,以及文学与战争、农民、民间文化的深刻联系。从隐蔽的层次上看,无论是抗日战争还是解放战争,其战争主体——农民战士和农民革命者,以及战争宣传诉诸的宏伟目标——民族自救、复兴以及"建国"〔1〕——都是基本相同的,这一方面必然会对乡土世界和草根生活产生剧烈的改变,并深刻影响到乡土文学的表现方式和题材观念;另一方面,它也使得战争和民族革命的诉求更为紧密地缠绕在一起,尤其解放战争更可以被看作是近代以来民族革命的最高潮,随着战争进程的变化和新政权在全国范围内的巩固确立,现代文学乡土叙事(包括文体、范式、想象发生机制等)以及经由乡土叙事所投射的多元冲突的时代观念也逐步被纳入政治一体化的历史洪流,在对"民族形式"的高度重视和乡土文化价值的重新确认过程中,一种明显区别于"五四"现代启蒙式的"民族-国家"想象从而获得充分展开。

总体而言,中国抗战的全面爆发使文学的重心发生了根本性的偏

---

〔1〕 1938年3月,在武汉召开的国民党临时全国代表大会上通过了《中国国民党抗战建国纲领》,提出以抗战促进国家建设,以加强国家建设来支持抗战,对外要求中华民族的独立和解放,对内要求各民族平等,强调抗战是为了贯彻民族主义的要求,正是实现民族主义所必须。这种具有强烈的民族主义色彩的"建国"诉求后来也成为共产党取得解放战争胜利并建立全国政权的主要宣传话语。

移,全民族救亡图存的紧迫要求和血腥动荡的现实生活,使中国新文学浴火重生,从整体上产生了迥异于"前两个十年"的文学特质。战时文学的乡土书写深刻浓缩了繁复的民族历史和动荡的个人境遇,生于忧患的现代中国作家在战火纷飞的时代把自己的家国情思和生死感怀融入草根群体的抗争和牺牲中,发出振聋发聩的救亡呼号,谱写了现代文学中最具生存意识和生命强力的瑰奇华章。考察战时中国文学首先必须重视战争文化语境对文学生产和文学形态的深刻影响,但是,战时文化语境首先是一个战争时段的限定,它是文学及其象征意义发生的外部条件,但并不完全是唯一具有决定性的因素,具体到不同的地域、不同的作家流派上,战争的影响还是有着非常大的差异,也就是说我们既不能笼统地用影响决定论的方式去对应所有的作家作品,也不能把战争仅仅视为一种外在的因素。具体来说,战时文化语境可以从以下三个方面来进行理解:1.战争作为一个宏观的文学发生要素,深刻地规定了战争时期文学的某些基本特征,是理解抗战及稍后时期文学的一个重要出发点;2.战争是以何种方式、在什么层次上影响文学很不一样,战时文学在不同的区域、流派、时期具有不同的面相,甚至反差很大,比如有服从战争(革命斗争)宣传的文学作品,有对战争的残酷性和悲剧性进行表现和反思的文学作品,还有受统治者(战胜方)的强制而回避敏感问题、曲晦地表现世俗生活的文学作品。战争时期同样出现了大量的田园牧歌式的乡土叙事作品,即使在统治者的高压政治下也仍然有反抗和自由意识的隐晦表达,因此它们的发生机制和文学价值并无法被强制性地归属于某个单一的视角或者标准;3.战时文化语境的构成包括政治主导力量、宣传和动员机制、战争的发展进程、民心向背等等诸多因素,这些因素其实和文学的生产过程又是密不可分、互为因果的。文化语境,指的是在特定的时空中由特定的文化积累与文化现状构成的"文化场",这一范畴应当具有两个层面的内容:一是与文学文本相关联的特定的文化形态,包括生存状态、生活习俗、心理意识、伦理价值等组成的特定的文化氛围;二是文学文本的创作者(有意识或无意识的创作者、个体或群体的创作者)在这一特定的文化场中的生存方式、认知能力、认知途径,以及由此达到的认知程度,可以统称为认知形态。[1]这种观点主要关注的是文本发生的文化语境,其实扩展开来看,关于文本生产和传播的文化语境还包含着更开放的维度,比如地域文化、作家生活、所属流派、出版情况、文学传统、政治规范、创作时期等等,这些基本上从属于作者语境;而在另一方面,读者语境也同样对于文本的意义生成具有不同层面的作用。朱立元认为,文学价值既不是作品的客观属性,也不是作家的主体赋予,而是作品与读者之间的一种特殊关系——审美效应关系。换句话说,文学的价值不具有绝对性,它是在传播与接受的过程中动态生成的,文学价值的独特之处,在于它与特殊主体的特殊需求相关

---

[1] 严绍璗:《"文化语境"与"变异体"以及文学的发生学(一)》,《中国比较文学》2000年第3期。

联。[1]尽管在研究战时中国文学时应该强调战争文化的深刻影响，但是我们必须意识到，文学审美活动并不能等同于直接的社会生活，强调这一点是为了更有效地和那种"现实主义"式的反映论区分开来，这有助于理解以文本作为中介的复杂的文学活动及构成关系，从而避免传统的文学研究方式对主题思想、政治意图或个体创造所作的过度阐释。战时文化语境既是一种发生因素或条件，其本身也是一种文化生成物。虽然对大多数作家而言，战争是不可选择的，但是能够生成什么样的战时文化图景，作家的主导观念以及文学生产的样态还是产生了很大的影响。除战争本身的强制性限定以外，实际上文学形式及其象征意义的发生还受制于本土语言及其深层的民族心理基础，并有可能在战争的条件下发生突变，渗透进新的文学象征系统中。战时文化语境虽然具有特殊的时段标定价值和转型期典型意义，但它同样是经验研究的对象，而不完全是一种给定的文学发生条件，在战时文化语境中考察战争及革命的宏观背景与文学之间的交互关系，回溯和清理那些隐匿在文本形式背后的对反结构和民间话语，是沟通文学"内"、"外"，理解战时文学发生意义和国家意识生成的重要切入口。

---

[1] 朱立元：《接受美学导论》，安徽教育出版社，2004年11月第1版，第311、312页。

民族形式和传奇体的生成

战争给包括知识分子在内的广大民众带来了深重的忧患意识,这种忧患意识又深刻波及社会生活的各个领域并形成一种群体性的心理结构;然而就战争时期的写作而言;现实的忧患既可能产生悲情叙述;也可能书写英雄传奇,如果从国族意识塑造的层面来看,后一种方式可能更为普遍,因为一个民族如果要形成自身的历史叙述和史诗,残酷的斗争历程和横空出世的传奇英雄是必不可少的,它们是共同体想象的有机组成部分,也是民族神话的基本叙述模式。积贫积弱的动荡现实在时刻呼唤着一种强力人格,感时忧国的集体忧患意识催生了一种强烈的英雄渴望。因此,患难之中结成的命运共同体更能够激发现代作家的传奇想象,压抑的情感爆发出强大的虚构能量,战时中国文学由此开启了一个英雄主义和浪漫主义的文学时代。这是一种具有集体想象特征的诗性,它源于对现状的不满和对强力的召唤,同时又可以在精神和情感上形成替代性的满足和慰藉。它尤其深刻地塑造了民族共同体的集体记忆和历史叙述,并对建国后大陆文学格局、主导审美风格形成了决定性的影响。

战争时期英雄传奇的创作高潮出现在根据地(解放区)文学中,这种创作潮流在文学史上一般被称为"新英雄传奇",以强调和古典英雄传奇的区别,但是根据地(解放区)文学中大多数英雄类型的塑造首先还是得益于古典演义小说的经验资源,比如在《洋铁桶的故事》中有这样一段:

> 外边跑来一个打火把的说:"队长吩咐好好劝劝这人,讲了不杀,不讲就咱们干了。"那个大汉听了,拿起红缨枪就要戳洋铁桶,却被打火把的拦住,说:"慢点,让我来问问。"洋铁桶见了这种情景,心里不觉一酸,叹了口气,说:"唉,想不到我洋铁桶,今日落得这样下场。"那个打火把的听了,用火把照了一下洋铁桶的脸,吓得赶忙叫把绳子解开,对着洋铁桶就拜,还对旁边的人说:"你们还不快快下拜,这就是我常对你们说的,抗日英雄洋铁桶,今日抓

错了,还不快快赔罪。"旁边几个听了大吃一惊,都说:"我们今日有眼不识英雄,请大哥原谅。"说完赶忙丢下武器,一齐趴在地下,洋铁桶把他们扶了起来。

从这个典型的段子中,能够非常清晰地看到《水浒》《说岳》《三侠五义》等传统演义小说和话本的影响。根据地(解放区)时期的抗战小说不仅仅在形式上继承了章回小说的模式,而且在情节、语言和叙述风格上都有深刻的模仿痕迹。战时英雄传奇利用的是民间故事和旧通俗小说中的经验资源和想象方法,什么机关、智谋、巧合等等;在一部作品中也会有性格各异的英雄出现,比如鲁莽型的、忠义型的、谋士型的等等。除了《洋铁桶的故事》《吕梁英雄传》《新儿女英雄传》等通俗章回小说以外,另外像表现机智勇敢的抗日小英雄的小说《鸡毛信》(华山)《雨来没有死》(管桦)等也可归入"新英雄传奇"的行列,这种创作的路向也一直延伸到"十七年"《林海雪原》《铁道游击队》《烈火金刚》等革命英雄题材小说。这些作品中的英雄主人公一般都经过了从农民到战斗英雄的成长模式,体现在农民(尤其是青年农民)身上健康的生命力,代表着民族新生的方向,是这个时代能够给人以希望、值得振奋的精神力量,这种力量的表现既可能来源于一种"崇高"的政治信仰,也可能来自于民间社会长期压抑能量的集中爆发。

沦陷区中和大后方(国统区)的传奇故事则更多以土匪作为主角。在这方面比较有代表性的沦陷区作品是《雪岭之祭》(1944)《蝉蜕》

(1943)《一个贼的故事》(1941)《青龙剑》(1940)等。《一个贼的故事》和艾芜《偷马贼》的叙述模式非常相像;《雪岭之祭》则用粗犷的关外风情烘托出了一个充满悬念的故事:猎人、皮毛老客、新寡妇和充满人情味的土匪兄弟,这些之间的恩怨冲突演绎了一出雪野传奇。东北沦陷区的代表作家关永吉提出,乡土文学应该是"新英雄主义的新浪漫主义","发掘'现实的'新的英雄类型,他们充满浪漫的斗争精神,用他们来替代并打倒色情描写中的哥哥妹妹、鸳鸯蝴蝶中的才子佳人",[1]这种文学主张与根据地(解放区)的通俗文学倾向具有惊人的一致性,这种一致性同样体现在大后方(国统区)的文学创作中。大后方(国统区)比较纯正的传奇小说要数姚雪垠的《红灯笼故事》(1939)《长夜》(1947),以及于逢和易巩的《伙伴们》(1942)、马宁的《扬子江摇篮曲》(1943)等。姚雪垠的小说《长夜》是作者以自身的真实经历为摹本写的"汤将"(土匪)的传奇生活,小说中的农民深受兵乱之苦,求生无门,只能去"吃粮"(当兵),或者做"汤将",但即使为土匪扛枪卖命也要论三六九等——"种田要种别人的田,背枪要背别人的枪",农民永远是没有出头之日,小说以一伙土匪在枪林弹雨的黑夜里出走为结尾,展现了上个世纪初中原地区"黎明之前的彷徨"。在于逢、易巩的长篇小说《伙伴们》中更能够看到后来一些流行的革命英雄传奇的套路:"捞家"(土匪)揭竿而起,行侠仗义、劫富济贫,抗战烽火烧到家园,他们在

---

[1] 上官筝:《乡土文学的问题》,《中国文艺》,1943年第8卷第4期。

共产党的感召下，由土匪变成抗日游击队，江湖恩仇转化成民族仇。对于战时大多数的传奇故事来说，民间侠义精神、社会压迫和民族危难都是促生民间英雄的想象性动力，无论是沦陷区还是大后方（国统区）文学中塑造的土匪形象，都可能是民间传统侠客英雄的一种现代变体，在这些人物身上我们发现的是那种野性、强悍的个体生命色彩，通过"土匪"来塑造英雄，既具有社会性的反叛意义，更指向人的主体性和生命力缺失这样一个现代命题，其中暗含着国民性再造的意图，希望以此来呼唤、更生古老民族的原始生命力量。

由俗世英雄向神灵的角色变化更多地体现在根据地（解放区）的文学想象中。韦君宜的短篇小说《龙——晋西北的民间传说》中呈现了一个非常典型的英雄故事和神话因素相互渗透的例子——"老老村"为求雨派吴家的虎儿去见"真龙"，结果却遇见了贺龙：

> "我在镇子里看见的。他穿着灰军服，含着烟斗，戴着军帽。那个军帽里藏着一对龙角。""他前三天才到山西省来。他是活龙，来了之后，雨就跟着来了。以后要五天刮一次风，十天下一次雨。我们一垧地要收三石谷子和两石高粱。"
>
> ……
>
> 就这样。老老村全体的农民互相拉着又拖着、哥哥用巴掌拍打着他们的弟弟，母亲拥抱着他们的女儿。他们互相呼喊着："真龙的爪子摸了虎儿的头，封了虎儿做他的小鬼了。"老老村有

救了!

……

据说,那以后老老村就没有了荒年,而老百姓都知道了八路军和贺龙。[1]

尽管韦君宜在叙述这个故事的时候保持了一个无神论者与老老村村民的距离,但是我们发现作家在渲染革命英雄的政治魅力时,仍然是有意无意地借用了民间神话的暗示功能,因为乡村世界里的保护神并不一定是一成不变的角色,如果某个神灵能有求必应、赐福避祸,它在乡村中被崇拜的程度可能就会大幅度提高,这个时候,俗世英雄就可以替代原来神灵的位置或加入神灵的谱系。

在战争和革命的大时代,旧有的神像——宗教与神话所提供的角色模范(role model)可能已经面容模糊甚至轰然倒塌,因此在信仰的空白中导致了人们对传奇英雄的模仿。古典英雄传奇与民间侠义精神和神化传统有很深的渊源,这些理想的英雄形象生长在民间的土壤中,寄寓了老百姓的朴素生活理想。民间传说中的英雄是介于神人之间的超能之物,所以英雄总是与神话思维联系在一起,完美的民间英雄往往被当作神灵来崇拜和敬奉,如关羽、诸葛亮、岳飞等。《三国演义》中关羽、诸葛亮死后仍然可以显圣降敌,这都是肉身被神化的结

---

[1] 韦君宜:《龙——晋西北的民间传说》,《延安文艺丛书:小说卷(上)》,湖南人民出版社,1984年版第306页。

果,并可以被渗透强烈的意识形态塑造功能。如果在诸葛亮、关羽和少剑波、杨子荣之间进行对照,那么我们也会从性格、出身、体貌上发现类似的先天性特征,其话语模式与《三国演义》之类几乎如出一辙,只是服务的意识形态对象不一致而已。从根据地(解放区)的传奇叙事到十七年期间创作的战争故事中,逐渐出现一系列超凡脱俗式英雄的谱系。传奇英雄与民间传说、演义故事中的英雄一样具有不平凡的身世,或者父母双亡,或者父亲在战场上战死,或者经过血与火的考验,从而获得神力和神圣因素,成长为神勇过人、富有感召力的领军人物,这非常接近那种神赐英雄的"通过仪式"(rite of passage),可以被视为过去民间文学和演义小说中的"英雄奇生"模式的现代变异形式。

虽然后来像贺龙这样的军队将领被作为龙的比附的情况逐渐消失,但类似"太阳""救星"等的象征借用、情感转移的方式仍然大量地存在于根据地(解放区)文学文本中,甚至不断地获得强化,只不过是更集中地应用到个别英雄人物身上,而政治崇拜是作为英雄崇拜的高级形式出现的。作为无神论主导的革命文学创作往往会有意地突出对神化、迷信的破解,但是我们也会发现,在这种有意识的破解过程中,某些神话因素也已经悄然地发生了置换,欧阳山《黑女儿和他的牛》可以典型地说明这种置换的方式。这个故事讲述的是卧石村村民在牛瘟到来时,从拒斥政府给牛打"牛瘟针"到把负责防疫的曾同志奉为"菩萨"的心理转变过程。与此相同的故事模式还存在于草明的《延安人》、李季的《老阴阳怒打"虫郎爷"》等小说,在这些小说中,"科学"

凭借其无往而不利的威力得以有效置换神灵的主宰地位。在另一部小说《太阳照在桑干河上》中,侯忠全这个人物与《创业史》中的梁三老汉在精神内涵上有着一致性,他们事实上是民间信仰和伦理的承载者,小说描述了侯忠全从悲观宿命到信仰革命领袖转变的全过程:"慢慢他(侯忠全)相信了因果,他把真理放在看不见的下世,他拿这个幻想安定了自己。可是,现在,下世已经变成了现实,果报来得这样快呵!""侯清槐也笑道:'爹,菩萨不是咱们的,咱们年年烧香,他一点也不管咱们。毛主席的口令一来,就有给咱们送地的来了,毛主席就是咱们的菩萨,咱们往后就供毛主席'"。[1] 在根据地(解放区)到十七年的革命叙事中,实际上都隐藏着一个由富裕理想、翻身感恩的世俗功利性质逐渐向"救世"、崇拜渗透的神圣叙事转移的线索,特别是在一种文学形态新生的过程中,并无法完全回避旧有的象征模式,因而不得不向民间、向俗文化寻找想象的资源。无论是利用和改造神话原型,还是批判封建迷信,根据地(解放区)的革命叙事中都或多或少地借助了民间"信以为真"式的神话思维,隐晦地表达新意识形态建构的意图,它一方面并没有完全抛弃民间旧有的象征,但另一方面又对联想物和情感投射对象进行了部分置换,有意识地将这种象征移植到了新的崇拜物上。

其实,在《林海雪原》中少剑波揭示事件的经过也是为了突出"人

---

[1] 丁玲:《丁玲选集·第一卷》,四川人民出版社,1984 版第 315、316 页。

民军队"和"人民群众"的力量,所以杨子荣才会这样说:"你们别瞎嚷嚷,别算错了账。没有党领导的大革命,我老杨大不了是个雇工;不是党教育,培养了我的侦察本领,我老杨根本没有本事对付座山雕;没有你们大家的英勇战斗,我老杨再在匪穴里干一年,再当几次司宴官,也不能把匪徒消灭得一干二净。"因此,破解本身又构成了神化的一部分功能——它服务于另外一个英雄传奇的创建。这个故事片段其实可以给出民间传奇从本事到附会、联想和演义的生成过程。民间英雄再造的过程潜藏了民间神话思维的习惯塑造,《林海雪原》能够承担意识形态在民间的塑造功能,是因为民间的神话思维方式在历史演义叙事中部分地发挥了作用,甚至影响了故事的架构,所以这种历史叙事是一种双向完成的方式,如果说民间的意象和话语更具有符号的张力,那么这种意识形态塑造方式就会与知识分子话语有明显的不同。《林海雪原》中的英雄/群众关系与神话中的神/人"救世"母题存在着结构上对应,这种关系模式又是后世神话道德教化功能的主要完成形式。神话英雄与普通人一般是拯救和被拯救的关系,像除妖降魔、惩恶扬善、治病救人都是常见的神话道德主题,神话思维作为原型构成了传说和民间故事的主要想象模式。在《林海雪原》中,小分队每到一地都会有一段传说或民间故事作为地方背景出现,比如蘑菇老人讲的灵芝姑娘的故事、棒槌公公讲的李鲤姑娘的故事等等,这些故事都是通过善恶报应和超越力量相助进行道德教化,而小分队的形象塑造也是在这些神话传说的暗示下完成的,因此小分队在这些地方同样扮演了超越性的拯救力量的角色。小分队到来以后看病、分地、发展生产,救百姓于危难,在民间就很容易与神话心理结构发生重合并产生神化效应,这种神化效应又大大刺激了道德信仰所具有的情感色彩,新的政治意识形态也同时在民间道德的躯壳内获得了塑形与再生。茅盾曾经指出,中国神话在最早时即已历史化,而且"化"得很完全。古代史的帝王,至少禹以前的,都是神话中的人物——神及半神的英雄。与欧洲相比,中国人的神话思维有两个更主要的特征:一是把神话体系历史化和帝王化;二是把诸神人格化和道德化。[1] 反过来看,这种神话阐释的方式也是可逆的,就是说世俗性的文化谱系也存在被神化的可能——权力阶层利用神话系统来引申出统治的合法性;受压迫者面对苦难也需要一个幻想的神灵的庇佑,因此他们对神灵的道德完美性都有着强烈的期待:这种神的形象越完美,离复杂、常态的现实越远就越符合寓言式的想象,神化程度愈深则包含的道德完美度就愈高,无论是强调安身立命的儒家,还是不名一文的百姓,都可以通过神灵的想象获得道德化的阐释,清代关帝爷被儒家化的过程其实就是忠孝节义意义上的道德化过程,这很能说明神化的发生机制。从抗战到"十七年"文学的传奇英雄和神化形象谱系,逐渐显露出神圣叙事的典型特征,这标志着现代文学重心的巨大偏移:弃绝烟粉、突出教化、强化冲突、导俗入圣,这些都是服务于整体性的社会净化和信仰的重建。

---

[1] 茅盾:《中国神话研究 ABC》,《茅盾说神话》,上海古籍出版社,1999 版第 98 页。

通过解码战时文学从抗战到"十七年"革命叙事的深层结构,将有助于理解转型期意识形态塑造的过程,以及当代生活中仍然延续的思维习惯。在这里我们不想任意地扩大关于神话原型的探讨范围,因为无论如何,这种民间想象的方式都已经被近代化或现代化了,如果离开情感的强有力支撑,这些象征之物充其量只是一种审美的空壳,因此要更深入地剖析神灵想象与生活、文学的关系,还得从一种时代性精神征候和本土文化的深层来寻找那种结构性的线索。民间自身潜藏着的原始信仰形态和生存逻辑既超出理性的视野,也可能超出我们能够预知的范围,它指向更为广阔和深远的生存领域,迄今为止我们仍然对它不够了解或者它仍然处在某种强势的观念领域的遮蔽之下,革命叙事——从英雄传奇到阶级斗争故事——在把新的文化理想寄托在英雄主体身上,并且向民间借用语言、象征和想象方式的时候,已经为集体无意识打开了广阔的通路,参与到了民间"力"的召唤与释放的激情洪流之中。源自民间土壤的神圣情感和神灵想象同时也是伴随着对某种特定政治对象的无限神化、知识分子主体意识的自我剥离形成的,但这并不意味着作家主体不存在,而是以无意识的方式融入了更大的文化和心理背景中。

现代的异乡

《异乡记》不是一个完整的故事,这个残篇断章只是记录了张爱玲一段奇异的乡间旅行经历,而且她在世时也没有准备出版。因为其中的部分情节或背景与张爱玲此后的几部小说均有互文性的关系,对于她1946年以后的创作而言,《异乡记》具有某种原型的性质。张爱玲本人把《异乡记》看成是"非写不可"的文章,"除了少数作品,我自己觉得非写不可(如旅行时写的《异乡记》),其余都是没法才写的。而我真正要写的,总是大多数人不要看的"。[1] 这种说法颇耐人寻味,《异乡记》可算是张爱玲为自己而作,因而更具有隐秘的真实性质,张爱玲自己判断大家未必真的爱看这种东西,大概是以为读者未必真能读懂,大多数人愿意看的还是那种市民传奇,张爱玲几十年没有公之于世的密语似乎道出了她被误读的事实,她看自己仿佛如被围观的戏子,"大约自古以来这中国也就是这样的荒凉,总有几个花团锦簇的人物在那里来往驰骋,总有一班人围上个圈子看着——也总是这样的茫然,这样的穷苦"。[2] 这样写的时候,张爱玲似乎有种被时代裹挟着的无奈,这种心境应该算是真实的表达。

很少写乡野生活的张爱玲,与其说写出了一个真实的乡间故事,倒还不如说在乡间处处留下了自己的隐秘心迹,但是这还只是属于入戏出戏那短暂时刻的灵光乍现,边界依然是非常模糊的,所以"大惊小怪"总是难免,"太虚幻境"处处映现。异乡之"异"如照哈哈镜,纵是真情实感,却无处不显露出那种强烈的文化距离和误置之感,以至于作者必须借由美国新闻记者所拍摄的"圆脸细眼"的小孩子的形象,才仿佛记起眼前对着汽车怪物嬉笑的土孩子莫不是自己的同胞。从文化人类学的角度来看,这种奇异的感觉其实与那些在光亮的汽车车身上照镜子的土孩子是没有根本分别的,尽管作者已经在"直观"眼前的对

---

[1] 宋以朗:《关于〈异乡记〉》,见《异乡记》,北京十月文艺出版社,2010年12月第1版,第6页。
[2] 《异乡记》,第78页。

象,但她又必须借助于"西洋镜"式的媒介来进行辨识,原来也没有什么秘密,张爱玲喟叹不已的"太虚幻境"其实也就是一种经过文化过滤的媒介化的现实。

因此,若要真正了解《异乡记》"异"在何处,首先要对这种媒介化过程有一点认识,以下从张爱玲原文中摘出一些相对典型的异乡"风景"来略作分析:

> 旷野像冬天的公园;
>
> ……使我想起上海修马路的情形;
>
> 石阑干……,嵌在那里就像假牙一样;
>
> ……俄国现代舞台上的那种象征派的伟大布景;
>
> 那情形使人想起丁玲描写的她自己的童年;
>
> 村姑……竟活像银幕上假天真的村姑,我看了非常诧异;
>
> 两只白鹅,整个地就像杂志上习见的题花或书签上的装潢,我不感到兴趣;
>
> 我想起五四以来文章里常有的……经过那么多感情的渲染,仿佛到处都应当留着一些"梦痕"。

着重号为笔者所加,这样更有助于析取出作用于乡野之物的意象媒介:城市外观、表演图景、身体异化物、出版物及其衍生品、小说情节,等等,不用说,这些意象恰恰就是市民生活的构成,不止于此,这些意象本身往往又是冗余性或消解式的,比如"冬天的公园",是少有人光顾的;"假牙"意味着生活的残缺,甚至令人厌嫌;"修马路"至少是撕裂与阻碍生活便利的行为;新人对"习见"最易生厌;"五四以来的文章",清新浪漫忧郁之类的感情渲染,于张爱玲简直如浮云;俄国"伟大的"艺术形式对她来说也未见得是什么好东西;丁玲描写过的童年,纵然不那么蛮荒,也让人觉得"即是当时已惘然"了。

乡野本来也不尽是自然,作家似乎没有义务只去做还原某处乡野的工作,何况张爱玲这一路行程如此委屈和恐惧,异乡草木浸透着厌倦,所谓"内在的风景"自然会产生排异反应,张爱玲这一路南下,是由熟悉到惊异渐变的过程。第一站到杭州,有"咫尺天涯"之感,那是因为与上海相似,橱窗里的绣花鞋"其实也不过是上海最通行的几个样子";第二站是半村半郭,依旧大户人家,除了撒起尿来震天响的马桶之外,倒也没有多少不适应的地方;直到真正的第一处乡野(事实上是村庄里的饭店),对于张爱玲来说才仿佛入传奇之江湖,有"杀气腾腾"之感:

这一带差不多每一个店里都有一个强盗婆似的老板娘坐镇着,齐眉戴一顶粉紫绒线帽,左耳边更缀着一只孔雀蓝的大绒球……帽子底下长发直披下来,面色焦黄,杀气腾腾。

隔壁桌上坐着三个小商人,面前只有一大盘子豆腐皮炒青菜……内中一个人,生着高高的鹰勾鼻子,厚沉沉的眼睑,深深地眼睛,很像"历史宫闱片"里的大坏人。[1]

旅行的辛劳混合了在饭店"被宰"的经验,生成了一种怪诞的破坏力:"这小地方,它给人一种奇异的影响,使一个人觉得自己充满了破坏的力量,变得就像乡村里驻扎的兵,百无聊赖,晃着膀子踱来踱去,只想闯点祸……"。[2] "乡村里驻扎的兵"这个比喻很是贴切,但是它印证的恐怕不完全是乡野本身所具有的破坏性,而是像"兵",一种东西强行植入后所带来冲突性与不安全感,"杀气腾腾"的现场其实并非一般的乡村环境,而是乡村中被商业活动过度侵蚀的那一部分,因此这里还不算真实乡村所带来的感受,或者说张爱玲此时还未真正深入到乡村的内部,但这种冲突性和不安全感却如影随形,伴随了张爱玲的整个异乡之旅,与其说是"小地方"给了人奇异的影响,倒不如说是旅行者的异质性、游离性的外部身份(outsider)与文化现场的不兼容同样生产出了一种普遍的破坏力,它不仅仅在浸透在异乡人物身上,同时还附体在各色动物身上,处处弥漫着不安。比如在闵先生家那一段,虽然表面上张爱玲把猪的被杀写得很有喜感,"完全去了毛的猪脸,整个地露出来,竟是笑嘻嘻的,小眼睛眯成一线,极度愉快似

---

[1]《异乡记》,第41、42页。
[2] 同上,第45页。

的",[1]"猪头割下来,嘴里给它衔着自己的小尾巴。……使人想起小猫追自己的尾巴,那种活泼泼傻气的样子,充满生命的快乐"[2];小黄狗在死猪"腿底下钻来钻去,只是含着笑,眼睛亮晶晶的"。[3]但在生死的边缘上,没有名头的快乐笔致读来却让人毛骨悚然,这显然不完全是一种戏谑式的风趣调侃,而还结结实实摔出了张爱玲眼里那种"可憎可怕"的生活本相。张爱玲每每都能从喜感的表象中看出惊惧骇人的内质,根底里总是"提心吊胆",这让人一下子就可以联想到张爱玲在开篇写到的上海钱庄里那两个十六七岁的小伙计,"灯光里的小动物,生活在一种人造的夜里,在巨额的金钱里沉浸着,浸得透里透,而捞不得一点好处。使我想起一种蜜饯乳鼠,封在蜜里的,小眼睛闭成一线,笑迷迷的很快乐的脸相","我不由得感到我们这文明社会真是可惊的东西,庞大复杂得怕人",[4]这就是张爱玲"奇异的幽默感",皮相的快乐满足却处处浸透着不堪。如同那只围着笑眯眯的死猪却胆战心惊觅食的鸡,她仿佛看到了1946年凄惶避世的自己——人间尽处是荒凉,何关此地与他乡。人间的孤苦惊惧在张爱玲的眼里是普遍存在的,既然如此,城市和乡野也就没有什么根本性的分别了。

恐惧与毁坏的冲动相伴而生,互为因果与表里。一直到文章戛然

---

[1]《异乡记》,第50页。
[2] 同上,第52页。
[3] 同上,第51页。
[4] 同上,第9、10页。

而止,这种感受都没有消失:"有一桌人在那里吃饭,也不像是客人,也不像是旅馆业的人,七七八八,有老婆子,有喂奶的妇人,穿短打的男人,围着个圆桌坐着,在油灯的光与影里,一个个都像凶神似的,面目狰狞",[1]紧接着张又没头没脑地写道,"缺乏了解真是可怕的事,可以使最普通的人变成恶魔",[2]她总算有所自觉,意识到恐惧感或许来自于"缺乏了解",但究竟是谁容易变成恶魔,仅凭这段文句还看不出来。其实对张爱玲而言,异乡之异,主要不在"缺乏了解"的陌生感,而在一种具有破坏力和压迫感的误读与误识,它类似社会文化结构一样早就被注定,比如在此之前的《传奇》再版封面,就能非常形象地呈现这种结构性的紧张:

　　(封面)借用了晚清的一张时装仕女图,画着个女人幽幽地在那里弄骨牌,旁边坐着奶妈,抱着孩子,仿佛是晚饭后家常的一幕。可是栏杆外,很突兀地,有个比例不对的人形,像鬼魂出现似的,那是现代人,非常好奇地孜孜往里窥视。如果这画面有使人感到不安的地方,那也正是我希望造成的气氛。[3]

张爱玲对于这种结构有天然的敏感,能够轻易捕捉到其中的冲突

---

[1]《异乡记》,第103页。
[2] 同上,第103页。
[3] 张爱玲:《有几句话同读者说》,1946年11月上海山河图书公司初版《传奇》增订本。

与裂隙。张的异乡之旅，主要是通过辨识熟悉与陌生来抗拒异乡的不安全感，所谓媒介化现实，一方面也是"化生为熟"的需要，一种类似格式塔的经验过程，而实在无法被熟识的部分，则往往归之为乡野的不可理喻，明显地，这个乡野是以一种强烈的与"现代"对峙的方式被提前安置在二元性美学结构中了：

> （火车上的年轻女子）在青布袍上罩着件时式的黑大衣，两手插在袋里，端着肩膀，马上就是个现代化的轮廓。脚上却还是穿了布鞋，家里做的圆口灰布鞋，泥土气很重。她就连在嘘寒问暖的时候，虽然在火车轰隆轰隆的喧声里，仍旧显得喉咙太大了，是在田野里喊惯了的喉咙。[1]

对于张爱玲而言，"现代"往往是无意识先行赋予的美学形式，是一种浸淫已久、切身关联的"生活的艺术"。所谓"生活的艺术"，并不专指具有实用目的的生活艺术，而是可以共同被包括在一种总体性的文化形态内，有时候艺术本身就是生活的一种形式，艺术不是游离于外或仅仅是"形式上的异物"。在这个意义上，对张爱玲而言，异乡之"异"不仅是美学边界，其实更是文化边界，异乡之旅所受的空间地理制约反倒不如社会文化结构来得深刻，这种制约在张爱玲那里呈现为

---

[1]《异乡记》，第31、32页。

一种"意想不到"般的文化距离：

  竟意想不到地,这样的人家屋顶上却有一些奇特的装饰品。乌鳞细瓦的尽头拦着三级白粉矮墙,不知为什么；每一级上面还搭着个小屋顶,玲珑得像玉器。每一级粉墙上绘着小小的墨笔画。一幅扇面形的,画着琴囊宝剑,一幅长方的,画着兰花。都是离他们的生活很远的东西,像天堂一样远。[1]

  因为房子的主人是村子里的一对匠人夫妻,乡野之人,似乎配不上闲情雅致,于是张爱玲有理由对这家人的"墙"和"画"感到很莫名,张爱玲细腻的观察为这"莫名"作了充分的铺垫：首先是匠人的手艺,"篾篓用青色与白色的篾片编成青与白的大方格,他们就晓得方格子,穿衣服也是小方格,像田畦一样"。[2] 乡间物件都是浑朴的圆形方形,在张爱玲看来有一种惨淡的感觉,"仿佛象征着最低限度的生活"；其次是夫妻之间除了劳作休息以外似乎也没啥感情交流,"太阳在云中徐徐出没,几次三番一明一暗,夫妻俩只是不说话",[3]"始终不说话。看着他们,真也叫人无话可说"。[4] 按说张爱玲不应该不认识江

---

[1]《异乡记》,第58页。
[2] 同上,第56页。
[3] 同上。
[4] 同上,第58页。

南的马头墙,而马头墙上作画在乡间也不是稀罕事,她的奇怪大概主要在于这些"艺术形式"都是离农家生活很远的东西,甚至于"像天堂一样远",照张爱玲的经验,这一路看过来,大家从早到晚也就只忙一个吃,甚至连下面这些个衙门(如国民党县党部)也是算计着过日子的类型(青天白日满地红的党旗都是纸糊的),怎么还顾得上艺术趣味?

在"现代"图谱下,农家生活与琴囊宝剑、兰花图案应是截然分殊,生活归生活,艺术归艺术,粉墙上的墨笔画对于金根夫妻自然是奢侈多余。可是问题在于,乡间生活与这些被视为"艺术"的东西是不是真的没有关联?如果有关联,它们又具有什么意义呢?首先可以确定的是,乡间山墙作画并不稀罕。中国民间俗风,爱借物寓意,比如中堂摆设东瓶西镜,寄托平安、清静之意;而墙上画琴囊宝剑,如照壁山水一样,既是装饰,又有象征之意,琴囊为文,宝剑为武,一文一武,文武双全,寓意和谐。照例这种风俗在城里旧式家族也还能保持,张爱玲或许只是想不到这种东西能"沉落"到乡野之地,其实放在文明史的长河中,乡间往往比上层社会更能保存古风余脉。至于兰花,可以与琴囊宝剑并列解释为君子之道,[1]但上古兰花又有信物之意,采兰是一种流传甚广的风俗,上古郑国,男女青年还手持兰花招魂,兰花甚至具有族性图腾的意味,传达了祖先、山川、土地等支配自然的力量。[2] 乡

---

[1]《孔子家语·在厄》:芷兰生幽谷,不以无人而不芳,君子修道立德,不为穷困而改节。
[2] [法]葛兰言:《古代中国的节庆与歌谣》。广西师范大学出版社,2005年11月版,第168页。

野之人未必能说出琴囊宝剑和兰花的全部寓意,但象征之流传,又离不开集体无意识的推动,"百姓日用而不自知",至少他们会认为这是一种吉祥物,能够庇佑家族、调节人伦。乡间婚联不是也常常写道:"琴瑟和谐,鸾凤和鸣"吗?琴囊宝剑,既指文武双全,又寓意好事成双(即圆满);兰花同样寄寓两性关系的和谐与长久,这是传统生活价值的根本指向。在这个意义上,琴囊宝剑和兰花就不是外在于日常生活的东西,不仅不是多余,反而很必要。

费孝通在《生育制度》中也提到了自己在云南看到乡下夫妻"无话可说"的类似状况,而且说很多受过教育的中国知识分子也不免这样,他认为这其实正是中国传统夫妻关系的写照。"上床夫妻下床客"与"女子无才便是德"[1]体现的几乎是一回事,传统夫妻间表面"无情",实际上却是上接儒家君子之道,[2]下通百姓日常事业所求,这是农业社会的自然状态,反常的话,则如费孝通调侃的那样:"夫妇之间讲求趣味兴会,在中国历史上并不是没有。词人李清照,《浮生六记》的作者沈复,都是著名的例子。不幸的是这辈在性灵上求满足的夫妇,在家庭事业上,却常常是失败者"。[3]张爱玲只看到了乡下夫妻"无话可说"的那一面,却没看到冰面下流淌的绵长河流。

---

[1] "女子无才便是德,这才不是指技术上的能力,而是指性灵上的钟情;德也不是行为上的善,而是人间的幸福"。费孝通:《乡土中国 生育制度》,北京大学出版社,1998年5月版,第148页。

[2] 《礼记·昏义》:昏礼者将合二姓之好,上以事宗庙,而下以继后世也,故君子重之。

[3] 引自《乡土中国》。

此时旅途中的张爱玲,大概还不知道她前往追寻的胡兰成已是花心旁落、自顾寻欢,在宝剑兰花的参照之下,异乡故事倒更具有些刺痛的意味,不知道张爱玲多年以后会不会在这对夫妻身上重新读出些安稳来。张爱玲也写到了乡间的迎神赛会,在她眼里这种神道的热闹当然照例还是荒凉,似乎看不出一丁点儿欢乐来,其中所暴露的文化距离可与前面的问题作统一的解释。当年孔子针对子贡观蜡的不解曾这样说,"百日之劳,一日之乐,一日之泽,非尔所知也。张而不弛,文武弗能也;弛而不张,文武弗为也。一张一弛,文武之道也"。[1] 文武之道并非仅限于君子之道,而且还象征着生生不息的自然与人间秩序,"民亦劳止,汔可小休",具有狂欢精神的迎神赛会对乡间百姓也不是分离于生活之外的无用的喧闹,而本来就是生活意义的重要来源,它与劳碌的日常现实统一在乡村生活的内在节律和价值目标上。虽然对于民间生活内在逻辑的漠视未必全然视为现代性的结果,但是异化的艺术理解却是导致乡间生活表象碎裂的基本根由,也许张爱玲看到的本来就是一种混乱的"现实",因为在荒凉的整体背景下,已经不存在自足的自然秩序,世界被另外一种逻辑所征服,乡村生活的毁坏似乎是早晚的事。

《异乡记》中有一段"文明结婚"的场景,本质性地再现了这种"现

---

[1]《礼记·杂记下》记子贡观蜡,子贡对岁终迎神合祀、纵情歌舞的民众活动不以为然"一国之人皆若狂,赐未知其乐也",孔子却对民间庆典深抱同情,理解一张一弛与亲亲之道的内在逻辑。

代"遭遇之际的语文断裂形式,它一方面暗示了在初始时刻这种表达的不可能,另一方面又意味着必然以基础性的瓦解为代价才能成全这种"现代"形式的表达,降临即是与文明基础的分离:

> 证婚人演说。那乡长似乎是一个沉默惯的人,面色青黄,语声很低,他说:"今天,采取的,仪式,既是,合乎,所谓,现代,潮流,而且,又是,简单,而且,大方……现代,所谓,婚姻……"末了说了声"完了"。[1]
>
> 主婚人用印,其中一个没有印,只得走上去在纸上虚虚地比画了一下……为什么非用印不可呢?想必是文明结婚一定要这样,宁可自己坍台。总之,这世界不是他们的。[2]

不管是以拼贴的形式还是以连贯的形式,"现代"对于这个世界的意义首先就是在不及物的状态中显现了自己,概念的降临本身就是权威性的,不需要扎根泥土。不过,"虚虚地比画"本来在中国的戏台上也还是有渊源的,但这里的前提是"非如此不可",因此还是权威结构支配了必须坍台的逻辑,现代附了权威结构的体。

张爱玲一语中的,"这世界不是他们的"。我们还可以记起那个在《传奇》再版封面上没有面目的摩登女子——现代的魅影兀地闯进来,

---

[1]《异乡记》,第66页。
[2] 同上,第65、66页。

有一种压迫的不安的气氛。张爱玲在旅途中搭乘的公共汽车车厢可以视作《传奇》封面接下来的故事,这是一个极为恰切的关于空间反转的混合隐喻。在这个由各色人等组成的车厢里,只有那些小生意人是最洒脱的:

> 那些小生意人,学到城里人几分"司麦脱"的派头,穿着灰暗的条子充呢长衫,在香烟的雾里微笑着。他们尽管是本地人,却不是"属于土地",而是属于风尘的。[1]

"司麦脱"就是 smart(精明),张在这里的意思大概是生意人抽身最快,顺当地搭上了时间的快车;但接下来大家就不高兴了,"本来已经挤得满坑满谷,又还挤上来一批农夫。原有的乘客都用嗔怪的眼光看他们,他们也仿佛觉得抱歉,都赔着笑脸,小心翼翼的"。[2] 我们能够感觉到从房间到车厢风景在不停地断裂、反转,最早的闯入者演变成空间的主人,通过快速移动的现代工具不断生产着窘迫的异类,土地(地面)成为告别异乡的分界线,新人类开始有资格嘲笑乡下同胞了。当然,车厢并不能被认为是传统之物,而应该是流动现代性构造的标准化装置,是时间转换而来的空间形式,具有摆脱自然控制的强大魔力,因此相对于土地(地面)更具有意识形态的召唤能力;它代表

---

[1]《异乡记》,第91页。
[2] 同上,第91页。

着绝对的时间秩序,因而兼有识别、斗争和征服异类的使命,绝对的普遍性不断生产着新的不平等。同时,车厢也不能被认为是城市领土的扩张,因为城市未必是流动性的终点,城市仅仅是现代性展开的一个节点。为铺垫"出名要趁早"的宣示,张爱玲曾这样说,"一个人即使等得及,时代是仓促的,已经在破坏中,还有更大的破坏要来。有一天我们的文明,不论是升华还是浮华,都要成为过去。如果我最常用的字是'荒凉',那是因为思想背景里有这惘惘的威胁"。[1]这"惘惘的威胁"表面上看是一种生命个体的时间强迫症,而实际上是历史运动中的普遍主义幽灵,它既是相对于传统的,也是相对于人自己的;既是展开于城市的,也是施加于乡野的,它对于老中国而言不仅意味着传教士的福音书,而且还伴随着惊人的破坏力,最终必然演变成关于世界的争夺,或者说它本来就是世界秩序暴力转移的结果,就像天启者对异教徒,革命家对反动派一样,时间朝着最终的启示永不停歇地迸发,只不过有时区分为"激情的(主动创造)"和"悲观的(被动接受)"两种不同的形式。

在异乡之旅中,张爱玲至少意识到了"这世界不是他们的",她通过反转的景观看到了地面,就像张对那些流亡学生的疑惑一样,有助于将这个质问回掷到时间的内部,重新安置未来的想象:"他们将来的出路是在中国的地面上么?简直叫人担忧"。[2]在"中国的地面上"

---

[1] 张爱玲:《再版的话》,收入《传奇》,中国青年出版社2000年7月版,第287页。
[2]《异乡记》,第88页。

的出路既不是一个民族主义式的想象,也不是城乡二元的对峙性安排,而是接近人类学式的文明并置想象,也许战战兢兢的生活给了张爱玲重新打量民间的同情心态,或者因为不断地深入异乡内部能够自然生发出对于文化他者的理解,张爱玲至少获得了一个溢出市民生活边界的社会图景,尽管不能完全排除"以城观乡"的习惯图式,但是渗透在复杂的阶层关系、文化距离之中的紧张感还是提供了一种解魅现代的可能。

虚构与禁忌

1952年的春天,赵树理又来到他熟悉的太行山里深入生活,他在山西长治专区一个叫川底村的地方和农民"在一口锅里搅了两年的稀稠",他所了解到的互助组转化为合作社过程中出现的问题,构成了日后小说《三里湾》所反映的主要内容。《三里湾》写成于1955年上半年,在《人民文学》上连载以后受到了广泛的好评,但是针对这部小说,赵树理也反思了自己的不足:旧人旧事了解得深,新人新事了解得浅,写旧人旧事容易生活化,而写新人新事就免不了概念化,因此"积极面"写得有些不够。[1]放在1955年前后中国农村变革的大背景下，《三里湾》的这种"不足"恰好可以给我们提供一个相对可靠的经验起点，或者说叙事结构的相对参照——一端连接着比较"真实"的生活经验，而另一端则是"虚幻"的想象，尽管文学中对于所谓"真实"和"虚幻"的界定并没有非常准确的量化标准，但是具体到某个时段的某类题材，尤其是具有明确的主题指向的文本——譬如配合政治任务来描写合作化进程的小说，在解读时"生活经验"仍是不可或缺的参照维度。另一部进入我们考察视野的是柳青的长篇小说《创业史（第一部）》[2]，和赵树理创作《三里湾》的情况比较类似，这部小说是柳青在汉中平原一个叫皇甫村的地方亲身参加合作化之后的创作。其实柳青早在陕甘宁边区时期出版的他的第一部长篇小说《种谷记》[3]中就深入描绘过农村合作化早期的复杂矛盾和斗争，小说的主线——"变工队"是边区在土改后推行的一种生产互助形式，这种"变工队"形式就是后来互助组、合作社的初级版本，它通过有组织地调动和分配生产资源，可以大大提高劳动生产效率，在实践推行中也得到了不少贫农的拥护；作者在创作《创业史》（第一部）时所处的政治环境与《三里

---

[1] 1958年3月人民文学出版社第1版附文《〈三里湾〉写作前后》。
[2] 柳青：《创业史》（第一部），中国青年出版社，1960年6月第1版。《创业史》曾计划写四部，但在文革前只出版了第一部，并写出了第二部一至二十五章的初稿，文革后在病床上继续进行第二部（上下卷）的修改工作。实际上柳青至死未能完成《创业史》的写作计划。
[3] 《种谷记》原由东北光华书店1947年初版印行，1951年10月人民文学出版社出该社第1版。

湾》时期的赵树理已有明显不同,这个时候关于合作化的论争已尘埃落定,人民公社化也已经基本完成,虽然这部小说只写到互助组转为初级合作社就结束了,但此时的柳青对于"上头"政策的把握显得更为驾轻就熟,所以对于官方政策的诠释也更为直白,互助组时代不过是小说所建构的宏大历史叙述中的一个必然被超越的阶段,因此相对于赵树理而言,叙事文本中的"积极面"也就更多了一些。相比较前面两部小说,《艳阳天》[1]更加具有阶级斗争示范教材的价值,小说全部三卷完成于文革前夕,它以1957年前后京郊的一个农业合作社为背景,描绘了惊心动魄的农村"生活战场",故事的结局当然是代表新生力量的青年群体和农业社获得决定性胜利,而隐藏的"阶级敌人"原形毕露,然后被彻底打倒。这三部作品的叙事场景和观照对象相对接近,写作时间上又存在着次序性的间隔,所以在叙事特征和观念变迁的考察方面可成线索,基于当时文学创作中的"政策含量"及其卷入的复杂现实冲突,它们已经与"十七年"的历史构建以及政治话语实践密不可分,这些乡村叙事作品也无疑构成了普通大众的重要想象素材和现实认知途径,而隐现其间的种种"征候"正是我们重返当时文学现场的重要的方向标示。

"三里湾"是个模范村,"县里接受了什么新的中心工作,常好到三

―――――――――
[1] 浩然在1962—1965年间完成《艳阳天》全部三卷的创作。

里湾来试验——除奸、减租减息、土改、互助,直到一九五一年试办农业生产合作社,都是先到这个村子里来试验的"[1],尽管三里湾只是个文学虚构对象,但是三里湾这个地方浓缩了农村土地革命到集体化生产的每一个变革步骤,在其承载的合作化使命这一点上,更具有经验原型甚至是典型示范的意义。这个时候的赵树理还是把自己定位在"农村宣传员"的角色上,而作为职业作家的身份对他来说却是"转业",在这部小说里我们可以看到赵树理对自己小说应起的作用依然比较明确:老百姓喜欢看,政治上起作用。在《三里湾》中,赵树理处理入社矛盾的方式还主要是依靠乡土社会内部的伦理动力来解决,像第二十八节"有翼革命"和第二十九节"天成革命"都是由家庭内部的分裂来达成入社的目的,而有翼和旧家庭决裂显然离不开玉梅姑娘的吸引力,天成老汉不愿意挂上"资本主义"的名声也多半是怕在大家伙眼里没面子,这都有乡村伦理和生活逻辑的支撑。这时候上面的政策压力看起来还不是那么明显,赵树理通过"离婚—结婚"的过程与"单干—入社"建立了类比关系,说简单一点就是入社好比两个人过日子,愿意了就一起过,不愿意过就拆开重新结合,这也符合当时上面讲的入社"自愿"的原则。《三里湾》在1957年被改编成电影《花好月圆》,总体来看,改编后的电影与原著的故事架构基本符合,其大团圆的结局更是放大了"欢喜配"的婚姻模式对于合作化合法性的内在支撑。

---

[1] 赵树理:《三里湾》,1958年3月人民文学出版社第1版,第2页。

正如我们后来所看到的结果,在"欢喜配"的情感表层之下,《三里湾》已经潜伏了一些赵树理自己无法弥合的政策性冲突和利益分歧。

首先,从对官方政策的诠释方面来看,赵树理对合作化的合法性是持自觉的支持态度的,他也在试图把三里湾百姓是否入社的问题归结成是选择"社会主义"还是"资本主义"的路线问题,在他的笔下,王金生、王玉生、王玉梅、范灵芝等对合作化抱有极大热情的年轻人代表"社会主义"的方向,这个新词承载的语义包括革命、光荣、进步、积极分子等等一些看起来赵树理还没有熟洽把握的政治内涵;而另一面,"翻得高""糊涂涂""常有理""铁算盘""惹不起""能不够"这些私心比较重、不愿入社的农民则代表"资本主义"的方向,他们的特点包括懒惰、自私、投机取巧、霸道不讲理等等,相比较"社会主义"和"资本主义"这些略显生疏的政策性说辞,我们发现赵树理最熟悉的仍然是乡村世界的生活逻辑,比如有没有良心,在理不在理,公道不公道,实惠不实惠等等,其实对于赵树理而言,在对合作化问题的理解上,公道、实惠可能是比政治说辞更有力量的评判标准,这同时也明显暴露出赵树理对"社会主义"政策实质的隔膜以及对那些代表乡村新生力量的青年典型缺乏更深入的经验性理解,也可以说,它意味着政治实践层面的某种空疏或者说不确定的状态。

其次,从解决问题的方式来看,赵树理并没有过多地用阶级斗争的方式介入三里湾的复杂矛盾,在三里湾的乡村世界里,我们甚至看不到绝对的落后人物或反动分子,而且到故事的最后那些"落后"人物也都被改造成功,转化为合作化的支持者和主要参与者,然而这并不是说作家没有看到乡村社会中存在的尖锐冲突和利益纠葛,相反,赵树理对合作化过程中存在的种种复杂问题不仅有农民式的切身体验,而且还经过了反复深入的思考,在这部小说里赵树理实际上仍然延续了"由(乡村)伦理而及政治"[1]的乡村观照方式和问题解决路径。合作化在早期阶段能够得到很多贫苦农民的认可主要就是因为互助合作解决了家庭单干的一些弊端,而且也有利于防止土地重新向富裕户集中和阶级再分化的问题,富裕户此时不愿意参加合作社也主要是担心利益受损,因此,可以想见:在赵树理的观念中,乡村社会——在政策对路的情况下——也有可能释放出变革的积极性,乡村内部的落后因素可以依赖乡村伦理的自觉调整来克服。但是赵树理的乐观并没有持续多久,在1959年写给陈伯达的信中,赵树理对乡村中存在的浮夸作风和农民利益受到伤害的情况提出了尖锐的批评并记录了自己"进退失据"的焦虑:"可惜自去年冬季以来,发现公社对农业生产的领导有些抓不着要处,而且这些事又都是自上而下形成一套体系的工作安排,也不能由公社或县来加以改变。在这种情况下,我到了基层生产单位的管理区,对有些事情就进退失据","我就在这种情况下游来游去,起不到什么积极作用……我不但写不成小说,也找不到点对国计民生有补的事","在这八九年中,前三年感到工作还顺利,以后便逐

---

[1] 王光东等:《20世纪中国文学与民间文化》,复旦大学出版社 2007 年 3 月第 1 版,第 154—159、163—169 页。

渐难于插手,到去年公社化以后,更感到彻底无能为力"。[1]这里所说的"前三年",大体与赵树理在川底村的情况——也就是《三里湾》的经验原型相吻合,然而自"去年(1958年)冬季以来"——众所周知,此时"大跃进"已经轰轰烈烈展开——赵树理从乡村变革的轨道上被逐渐抛离出来,这一方面是说赵树理的脑筋转得没有政策快,但更深层次的问题是"自上而下"的政策已经与乡村现实严重脱节,赵树理所精心构拟的"由伦理而及政治"的解决路径和叙事范型也开始呈现出无法弥合的巨大裂隙。

赵树理所遭遇的叙事危机在《创业史(第一部)》中似乎得到了有效的解决,因为柳青有意识地颠倒了"乡村伦理"和"政治"的顺序,并把二者牢牢嵌入新与旧、"资"与"社"的宏大历史叙述的框架。在柳青的笔下,下堡村和蛤蟆滩、解放前和解放后、单干和合作化、存余粮和统购统分都是反与正的矛盾对应关系,梁三老汉和梁生宝的世代遭遇因而凝结成一部悲情控诉的劳苦史、饥饿史和血泪史,在对过往历史的否定之上自然就是"千万不要忘记"和"不能走那条路"式的合法性建构。但是柳青在叙述新与旧的对抗时,还是为梁三老汉这样的旧式农民留下了一定的温情空间,而且他也像赵树理那样曲折而又戏剧化地帮助梁三老汉们完成了从旧农民向新农民的蜕变,不过,与赵树理

---

[1] 陈徒手:《一九五九年冬天的赵树理》,《读书》1998年4月号。

有所不同的是,柳青并不是通过乡村伦理而是通过那种"自上而下"的政策性语言来强化这种阐释的:"任何事物的内部都有新旧两方面的矛盾,形成一系列的曲折的斗争。斗争的结果,新的方面由小变大,上升为支配的东西;旧的方面则由大变小,变成逐步归于灭亡的东西。而一当新的方面对于旧的方面取得支配地位的时候,旧事物的性质就变化为新事物的性质"。[1] 在柳青看来,梁三老汉与梁生宝之间是一种世代更替的必然逻辑,它代表着社会发展阶段的内在更续。其实在《矛盾论》原文中,这句话前后都还有更重要的判断"新陈代谢是宇宙间普遍的永远不可抵抗的规律","事物的性质主要地是由取得支配地位的矛盾的主要方面所规定的"[2],熟悉政治语言和"进步规律"的作家已经不可能再像赵树理那样满足于描绘一个"花好月圆"式的结局,"梁三老汉"对于柳青来说只是一个可以被改造的次要人物形象,是必然要经过"新陈代谢"而转变新生的矛盾性的另一面,作家本人甚至不能接受严家炎对于"梁三老汉"文学价值的高度评价,在对抗性和"政治正确"的语境下,这种"中间人物"——包括其代表的乡土历史和乡土生存"另类表述"的可能性,也渐渐丧失了被深度阐释的空间。[3]

光环只能属于横空出世的英雄——梁生宝,在小说中作家甚至

---

[1] 柳青:《创业史》(第一部),中国青年出版社 1960 年第 1 版,在小说中是经县委杨书记之口说出的、以黑体字醒目标出的领袖政治语录,原文出自毛泽东的《矛盾论》,见《毛泽东选集》(第一卷),人民出版社 1967 年版,第 297—298 页。
[2] 毛泽东:《矛盾论》,《毛泽东选集》(第一卷),人民出版社 1967 年版,第 297—298 页。
[3] 相关背景资料参见邵荃麟、严家炎评论"梁三老汉"形象的文章及"中间人物"论争。

(通过一般农民的嘴巴)不吝说出"梁伟人"、"不识字人民群众里的杰出人物"这样的字眼,在一次重要的类似仪式化的"亮相"中,承担重大使命的梁生宝的形象是这样被描述的:

> 春雨的旷野里,天气是凉的,但生宝心中是热的。
>
> 他心中燃着熊熊的热火——不是恋爱的热火,而是理想的热火。年轻的庄稼人啊,一旦燃起了这种内心的热火,他们就成为不顾一切的入迷人物。除了他们的理想,他们觉得人类其他生活简直就没有趣味。为了理想,他们忘记吃饭,没有瞌睡,对女性的温存淡漠,失掉吃苦的感觉,和娘老子闹翻,甚至生命本身,也不是那么值得吝惜的了。[1]

我们可以借此与《三里湾》中的代表"社会主义"方向的年轻人进行简单的区分,三里湾的年轻人前进的动力与儿女私情有着扯不断的干系,合作化的进展有赖"实利"的推动;梁生宝们可不一样,除了理想,他们"觉得人类其他生活简直就没有趣味",为了理想,他们可以不吃饭、不睡觉,可以淡漠女性的温存,甚至奉献出自己的生命。梁生宝身上所具有的革命品质,除了源自于由梁三老汉延续而来的苦难史之外,更来自于梁生宝自己不平凡的身世——他是个有娘没爹的孤儿,

---

[1] 柳青:《创业史》(第一部),中国青年出版社1960年第1版,第104页。

在此基础上梁生宝天然地具备了作为一个革命者的超越性品质：自信、决断、智慧、健壮而且富有胆识，这个孤儿与"血亲家族"在形式上切断了历史的负担，并通过梁三老汉与新社会重新建立起了"感恩报德"式的忠诚关系。作为梁生宝的形象补充，冯有万这个人物的出现更能说明柳青所塑造的理想角色范型的全部意义，冯有万和梁生宝都是孤儿出身，但是冯有万比梁生宝更具有革命的纯粹性，他既死了父亲又死了母亲，从小就是在下堡村讨饭的一个野孩子，所以"在他能够懂得道理以前，他只知道恨"，恨构成了革命的原动力，他苦难的童年"给了他正义感和意志力"，形成了他"绝对公正、疾恶如仇、见公共事一马当先"的先进品质，冯有万和梁生宝如影随形，共同勾勒出合作化带头人的理想人格。总体上看，柳青的乡村叙事克服了赵树理在《三里湾》中暴露的两个问题：一、代表"社会主义"方向的前进动力"不是恋爱的热火，而是理想的热火"，对党和社会主义事业的忠诚必须被置于超越一切的位置；二、代表"社会主义"方向的年轻人必须义无返顾地和家族利益决裂而且不再允许太多的犹豫和迟疑，所以梁生宝的道德完美性并不体现在他对于自己的生母和养父的尊重上面，而是着重于其由于自身"品质优越"而产生的感召力，在梁生宝的"创业史"进程中他首先必须瓦解梁三老汉精心构筑的"三合头瓦房长者"俗世旧梦，为了理想梁生宝可以不惜"和娘老子闹翻"，"感恩报德"此时已经不再包含过多的乡村伦理因素，它指向了更为"高尚"和"纯洁"的精神对象和超越性空间，由感恩所激发的革命热情此刻被抽换了私性的成分，而渲染成一种"出离自身"的"神圣感受"。

相比较而言,《艳阳天》对萧长春革命经验的渲染更接近一种"通过仪式",萧长春在成为合作化的带头人之前经历了最艰难的生死历练(老交通员牺牲一节),这种经历和东山坞遭受的百年不遇的"自然灾害"互文式地考验并塑造了萧长春坚定的革命意志——"不论大事情小事情,都得想到几万万人","往后的道路还长得很,他不怕,他要跟大伙一起,用'硬骨头'精神建设一个社会主义的东山坞!"与此前的金生(《三里湾》)、梁生宝尤其不同的是,萧长春是退伍军人,而且做过民兵排长,这在今后"你死我活"的阶级斗争中是至关重要的"革命资本",也是通向英雄式角色范型(heroic role)的基础条件。而且从叙事结构上来看,从《创业史》到《艳阳天》都具有传奇文学的一般性特征:危险的旅程——,残酷的搏斗——,主人公的胜利——,只不过《创业史》最后没有全部完成,第一部所描写的合作化早期的图景还没有展现出那种激烈的斗争,我们只是从柳青野心勃勃的计划中能够大致看到这种结构特征。相比较而言,《艳阳天》的传奇特征更明显:第一卷,写土地分红与闹粮问题,农业社取得初步胜利;第二卷,斗争继续深入,阶级敌人进行反扑,新一代迅速成长;第三卷,革命洪流锐不可当,牛鬼蛇神原形毕露,农业社取得决定性胜利。在这个叙事进程中,基本的情节"母题"(motif)都可以被替换,比如把"旅程"替换为合作化过程,"搏斗"替换成残酷的阶级斗争,"主人公"替换成乡村合作化运动的带头人,而"主人公"的胜利也就成了合作化运动的胜利。英雄是传奇故事的"主人公",而传奇故事的主要结构就是围绕英雄与魔鬼的战斗展开的,传奇中的英雄是介于神人之间的超能之物,完美的道德模范和救世英雄往往被当作神灵来崇拜和敬奉,这些理想范型生长在民间的土壤中,寄寓了老百姓的道德化的生活理想,笔者曾在一篇文章中进行过解释,在从解放区后期的土改叙事开始到十七年创作的战争故事中,逐渐出现的"超凡脱俗"式的英雄的谱系,往往是通过超越性的道德品质、舍却个人儿女情长来凸显其革命精神的纯粹性和公共性,如果说他们的性格逻辑有着本土性因素的话,也多半是承继了古典演义小说中的侠义人物重义轻利、戒绝色欲的教化色彩。[1]与完美的道德典范相反,那些与合作化进行对抗的否定性人物类型总是在道德层面被"妖魔化",以马之悦为例,按照《艳阳天》的整体设计和政治权力话语的要求,中农是应该被争取的对象,真正斗争的对象是"地、富、坏、反、右",既然主要反映阶级斗争,那么马之悦的反动本质就必须和中农作进一步的区分而且被先天地给定——他是偶然混进革命队伍里来的"反革命",平时掩藏得很深,暗地里生活作风败坏,满肚子坏水,见不得天日;与此相似,在萧长春的儿子"小石头"被马小辫"断子绝孙"式地暗算这样的叙事情节上,也是通过道德判断印证并强化了"社会主义阶段也存在着你死我活的斗争"的政治逻辑。

在《创业史》"蛤蟆滩"的变革语境中,梁生宝们突出的是青年农民

---

[1] 参见笔者论文《十七年英雄演义小说的民间叙事传统——以长篇小说〈林海雪原〉为例》,收入《人文社会科学新探(第四辑)》,知识产权出版社2008年1月版。

的革命性以及与旧式农民的本质性剥离,是经过"热火"洗礼的由"俗"至"圣"的重大转换;而在《艳阳天》中萧长春们除了延续梁生宝的优良品质外,更是通过"你死我活"的阶级斗争抵达了"伟大"的社会主义胜利,但无论如何,这种英雄形象的建构更多是依赖一种弃绝肉身和俗念的道德完美幻觉来实现的——"神启"英雄的横空出世填补了赵树理留下的叙事空白,并在现代乡土变革中成为一种超越性的力量,它给乡土世界的芸芸众生提供了富有感召力和可供模仿的角色模范——这种角色模范的意义也包括先行成功的合作化模式在更广阔范围内的典型示范功能。

就叙事表现的层面和文学所承担的教谕功能来看——相对于赵树理乡村叙事中俗世伦理的价值规约,柳青和浩然显然跨出了非常重要的一步,他们在乡村社会的另一个维度上开启了巨大而充满魔力的精神空间,尽管有时我们可以用"超验"来为之命名,但这并不意味着它超出了经验的范畴,事实上它只是不同于凡俗经验和以家庭(家族)为中心的乡村伦理规范,这种因素的出现预示着乡村伦理和乡村社会结构的"激变期"的到来。按照马莎·罗伯特的说法,理想与现实之间的张力是现代叙事作品的核心,在考察乡村叙事的变化时,相对稳定的参照维度应该是基于(乡村表述中所存在的)理想类型与乡村"实存结构"之间的矛盾关系建立的,假如我们并不把这种"角色模范"及其背后的政治话语简单地否定的话,那么接下来的问题是:如果离开有意识的舆论操纵和政治秀的仪式化加力,这些完美的英雄模范是否还能够展开它无穷的道德魅力并"指引我们向前进"?而作为它的矛盾对立面——"翻得高"(范登高)、郭振山、马之悦是一类;"糊涂涂"、"弯弯绕"是一类;梁三老汉、韩百安等是一类——是否就失去了生存的意义,而属于必然要经过"新陈代谢"而退出历史舞台的价值类型?回到叙事文本——在乡村表述所卷入的理想与现实的复杂矛盾中间——我们真正需要关注的是,作家在处理这些或隐或显的矛盾的时候使用了怎样的叙事策略,与此相关,关于理想的虚构和想象——作为一种心理现实——又是如何与乡村"实存结构"相连接并发生作用的。

合作化运动本质上是以消灭私有制、建立公有制为目的的社会主义改造进程中的一部分,但是我们通过小说可以发现,合作化在推行中仍然是利用了农民对于富裕生活的想象,在通往富裕明天的道路上,私有观念——包括家庭单干方式、土地分红、存余粮以及私人情感被改造只是表述的一个方面;另一方面,为了强化互助合作甚至"共产主义"的合法性论述,大力渲染合作化的美好前景对农民来说是更具有实质诱惑力的部分,在"高级社"时期的官方文件中常常可以见到类似的关于合作化前景的宣传:"我国农村中的一切剥削制度将被彻底消灭,汪洋大海似的小农经济,将变为高级的大型的合作社经济,使穷根从此挖掉,富根开花结果,子孙万代幸福无穷;我国的农业将变成先进的农业,使荒地变成良田,低产变为高产;我国农民都将成为富裕的农民,家家丰衣足食,社社五谷丰登;我国农村将成为文化发达、美丽幸福的农村,人人识字,个个读书,乡乡都有电话,社社都有收音机;到处是青山绿水,遍地是牛马骡驴,猪羊鸡鸭成群,路平桥好,四通八达,天灾能防御,四害被消灭,千年荒山开了花,百年大病断绝根,户户安康,人人欢乐。"[1]这种表述方式与《创业史》《艳阳天》的理想指向是一致的。然而,对于那种"点灯不用油(电灯),耕地不用牛(机械化生产),走路不用腿(汽车),说话不用嘴(电话)"式的"社会主义新农村"的想象性建构基本上还是依赖于一种类似"生产力迷信"的东西,因此在《创业史》和《艳阳天》中,我们发现种子、畜力、机械化、化肥和耕灌方式革新等等技术性(或曰科学)的因素在叙事发展中成为重要的"母题",它建立在这样一种假定之上:通过生产力的无限提升可以实现共同富裕并弥合合作化给传统乡村结构带来的冲击。然而当预期目标与生产实际严重脱节时,这些技术性因素也最容易变成那种具有舆论操作性同时也最具迷信色彩的关键环节,所谓"浮夸风"即是一例。"浮夸风"说简单些就是吹牛皮,但吹牛皮并不代表盲目和"无知",相反它却有着非常明确的政治目的和利益诉求——投其所好、表功邀好,归根结底,"浮夸风"是一个政治现象,是官场政治的变态产物,然而对于一些普通农民而言,这可能意味着切切实实的剥夺、饥饿、甚至死亡。

---

[1]《建设社会主义新农村——关于1956年到1967年全国农业发展纲要(草案)的宣传提纲》,江苏人民出版社1956年版,第4—5页。转引自:《当代中国史研究》2006年第1期。

根据我对合作化亲历者的访谈，在"大跃进"前后的华北农村，农民对"共产风"怀有莫名的恐惧，亲历者回忆说，为逃避"一大二公"式的生产资料集体化征用，许多人家关起门来杀猪宰羊、吃掉存粮细粮；在所谓的"科学"观念的指导下，大量劳动力投入到"深翻土地"、"大炼钢铁"的运动中，造成巨大的生产浪费，以至于大面积的秋田失收、秋播失种。在欺上瞒下的浮夸宣传、政策导向的错误和自然条件恶化、国际环境逆转等复杂因素的共同作用下，终于酿成所谓"三年自然灾害"[1]的大悲剧。从表面上看，1958年的赵树理担心的是"浮夸风"的问题，其实更深的恐惧应该是来自"共产风"对稳态的乡村世俗伦理的彻底解构，这也从根本上抽离了赵树理"由伦理而及政治"的话语基础，由此，赵树理在乡村书写的舞台上黯然退场。但是在紧接着出场的《创业史》（第一部）《艳阳天》中作家对那些威胁到"社会主义新农村"理想塑造的危险因素的处理方式已与赵树理完全不同，类似梁三老汉形象所潜隐的生存合理性被强大的政治性说辞——或以公共、神圣的名义，或以阶级敌人的险恶——以及流畅的叙述技巧有效地覆盖和规避了。对于某些善于"弄潮"的作家来说，"言"与"不言"的选择背后是精于世故的"政治智慧"。在通向一个完美而且圣洁的崇高目标

---

[1] 在后来的政治表述中"三年自然灾害"被改为"三年困难时期"，这意味着官方层面对毛时代的宣传有所纠正，从而不再把造成饥荒的原因归结为"自然"的因素。究其根源，国际环境的恶化固然不能排除，但政策性失误是最致命的，确切地说，是由"大跃进"直接导致的，它反映出来的更为深层的问题是工业化目标和农业社会基础能否平衡发展的矛盾。

的过程中，我们一方面可以假定作家的叙事倾向源自于类似英雄主人公的革命自觉；但另一方面，也不能排除作家受到政治环境的压力或者舆论的挟制而隐藏甚至改写了某些经验，因为从1958年至文革全面发动的这一时段——作为对乡村生活有着深切体验和情怀的作家——不可能没有听闻到那些负面的信息：灾荒、饥饿、普通农民对于"共产风"的恐惧及抵制，尽管从中央的一些纠正政策上看，似乎某些"过头"的问题得到了批判，但是中央高层对集体化、工业化的构想以及对不同声音的严厉打压在高级社的快速发展中起到了推波助澜的作用，在大跃进前后的时段，为加快实施工业化而对农业剩余的过度抽取达到了一种极端的状态，农村社会的基础受到剧烈的破坏，这是农村各种矛盾激化的最根本的原因。显然，如何判断这些矛盾并深入理解这些矛盾的实质，是考察合作化叙事中理想与现实关系的重要尺度。

《艳阳天》为我们呈现了一种最具有政治修辞技巧的叙事模式——"艳阳天"式的理想图景与阶级敌人制造的重重阴谋魅影形成了强烈的叙事对照，合作化作为唯一正确、正义的美好前景取消了所有反抗和质疑的存在意义，乌托邦的神圣幻觉在"不正即反"的严厉的政治规约中规避了凡俗经验的反抗，反对合作化的人要么是阶级敌人，要么就是受阶级敌人蛊惑——在这个意义上可以说，关于阶级斗争的表述实际上是巧妙地掩盖了合作化进程中其他更为深层的矛盾，所有这些矛盾在合作化叙事中只能通过阶级斗争的方式被扭曲地呈现出来，所有这些矛盾只能按照或正或反的方向发展，否则就可能给作家带来灭顶之灾。这种叙事表现上的特征就可以称之为禁忌。[1]英国学者玛丽·道格拉斯(Mary Douglas)认为，禁忌的形成与人类的分类体系存在着深层的联系，禁忌是混淆了人类采取的分类体系或与之矛盾的结果，也就是说禁忌是社会分类系统的产物，而分类活动又是使社会秩序合法化的主要途径，它不仅加强了社会实在的结构，而且也加强了道德情感的结构。[2]这里我们主要是在政治文化的层面借用"禁忌"这一术语，它主要指向一种配合政治文化强制而表现出的叙事上的规避行为和"禁言之物"，但即使是这种层面的禁忌征象，也已经隐约投射出十七年文学乡村叙事的纯粹化倾向以及更广泛的对抗性的政治话语系统和社会净化机制。随着"反右"的深入，在"浇花"和"除草"政策严厉区隔下的乡村书写似乎只能有一个可能的"正确方向"，与"过头"政策相抵触的一系列深层矛盾更成为了"禁言之物"。

十七年乡村叙事中的禁忌征象与那个特殊时期的政治文化具有

---

[1] 禁忌：通俗地讲就是禁止或限制(prohibition or restriction)，它规定行为、行动或想象只能导向某个方向，或者指特定的民俗文化系统内对一些事物的畏惧、不可触摸或不可言说的心理状态，如果出现"违禁行为"，人们将会受到严厉的惩戒甚至带来灾难。波利尼西亚语中的"塔布"(Taboo)一词能够表达更为丰富的"禁忌"含义，一方面，它意指"神圣的"、"被圣化的"；另一方面，它又具有"神秘的"、"危险的"、"禁止的"和"不洁的"含义。它的反义词是"诺亚"(Noa)，其含义是"普通的"、"通俗的"或"通常可接近的"。参考[奥]西格蒙特·弗洛伊德(Sigmund Freud)：《图腾与禁忌》，上海世纪出版集团 2005 年 5 月第 1 版，第 27 页。

[2] 万建中：《解读禁忌》，商务印书馆 2001 年 3 月第 1 版，第 9 页。

功能上的重合,从解放区到十七年的乡村叙事具有内在的延续性,这是一个深层意识不断被唤醒、创造激情逐渐扬起、关于富裕和进步的想象日趋强大的过程,当虚构的"社会主义"想象变成全国性的社会改造运动的时候,那种具有神话特征的意识形态幻象就对现实世界呈现出强大的支配力量。换句话说,配合轰轰烈烈的社会主义改造运动的十七年乡村叙事是"救世"和"再生"神话母题规约之下的产物,它通过预置一个国富民强、赶英超美的"大好明天",从而实施对现实世界的"必然"改造,这就是神话想象"倒果为因"的运动本质。但是在使用"神话"[1]这一术语的时候,我们必须面对各种因对神话性质理解的不同而产生的质疑:一、把那种作为"前逻辑"思维状态的神话(以列维·布留尔的观点为代表)生硬地嫁接到现代文化政治的描述上是否恰当？二、作为"无意识活动"或"自由想象"的神话与一种具有强迫特征的政治运作之间是否存在关联？英国著名神话学家凯伦·阿姆斯特朗(Karen Armstrong)提出,神话并不代表一种虚假或低等的思维模式,与此相反,我们所敬奉的理性观念也并不能把人类从未开化的自然状态救赎出来,"一座集中营和一所优秀大学所秉持的理性精神

---

[1] 神话(Myth):一种特殊的具有想象力的结构,被认为是一种比世俗的历史,或写实的描述,或科学的解释更为真实的、较有深度的"实在版本"(Version of Reality)。神话的功能已经和艺术与文学的创作功能结合在一起,是人类心灵的某些特质之基本表现;从其具有的负面意义来理解,它又是一种虚假的(通常是刻意虚假的)信仰或叙述。见[英]雷蒙·威廉斯著《关键词:文化与社会的词汇》,三联书店(北京)2005 年 3 月第 1 版,313—315 页。

并不存在实质性的差异";[1]而恩斯特·卡西尔(Ernst Cassirer)也从泰勒与弗雷泽、马科斯·米勒与赫伯特·斯宾塞并不一致的神话理解中解析出了神话的一般性特征:"神话是一组'观念',一组表象,一组理论信仰与判断。由于这些信仰与我们的感觉经验公然对立,并且不存在任何与神话相一致的物理对象,这推论出神话是一种纯粹的'幻象'"——如果我们并不否认现代文化政治的想象性建构过程,那么在它们与神话之间就不应该存有不可逾越的障碍,"在当代政治思想的发展中,也许最重要的、最令人惊恐的特征就是新的权力——神话思想权力的出现。在现今的一些政治制度中,神话思想显然比理性思想更具优势"。但接下来的问题更棘手,因为如果我们把神话仅仅看作一种无意识和自由的想象,那么它和现代文化政治那种精细的操作是不可能有实质性联系的。针对这一点,恩斯特·卡西尔提出了一种革命性的神话理论,他认为,"神话一直被描述为无意识活动的结果和自由想象的产物",但实际上"新的政治神话不是自由生长的,也不是丰富的野果,它们是能工巧匠编造的人工之物。它为二十世纪这一伟大的技巧时代所保存下来,并发展为一种新的神话技巧"。[2] 换句话说,具有神话气质的现代文化政治——在某种条件下——也完全可以像蛊惑术那样进行巧妙的心理运作。

---

[1] [英]凯伦·阿姆斯特朗:《神话简史》,重庆出版社2005年第1版,第144、146页。
[2] [德]恩斯特·卡西尔:《国家的神话》,华夏出版社1999年1月第2版,第27、3、342页。

与前面"禁忌"术语的使用相似,我在这里只是在语言、表述和象征的层面讨论历史神话[1]和政治神话的构造问题,这也意味着,本文最为关注的是隐匿在叙事表征背后的想象的世界和想象的机制。虽然对于社会主义想象如何被普通民众接受、认同的问题,从《三里湾》到《创业史》(第一部)《艳阳天》这三个可供参考的文本中并不能给我们提供的足够丰富的细节,但是依据叙述者的伦理尺度和文本中经验——虚构性质的变化,通过叙事表征的仔细清理,至少能为我们重返十七年的文学现场提供重要的方向标示,并延伸到本土文学历史源流和想象空间的深层思考,而这种努力,可能会为十七年乡土文学形态的描述提供另一份面貌。我们并不是说十七年的乡村叙事整体上从属于一种神话类型,而是希望注意到在其想象与虚构的不断放大过程中逐渐生长的神话因素,作为一种功能性特征,十七年的乡村叙事既包含着与日常生活、凡俗观念相对立的超越性力量,同时在这种强大力量的背后还有一种否定性的力量,也就是禁忌,禁忌是为维护神话的支配地位而设置的强迫性的禁令,这种禁令既可能来自于政治崇拜,也可能会伴随有意识的舆论操纵和严厉的惩戒措施而不断强化其意识形态功能——畏惧与非理性的"迷失"本身就是现代文明的一部

---

[1] 在《创业史》《艳阳天》的叙事中,"历史进程"呈现出一种不可抗拒、不可逆转的强制性,与其说这是一种历史过程的表述,不如说是一种神秘力量的主导,一种命运的操纵,在这个意义上我们称之以"历史神话"。在人类发展的某个阶段,神话就等同于民族史和英雄史,即所谓传奇(如 legend,saga)或"次神话",在这种神话形态中,更加突出神化英雄的德行和武功,这其实也可理解成原始神话在文明史中的"雅驯"过程。

分。十七年乡村叙事的政治文化禁忌是通过对"明天"的强大想象和对"敌对势力"的紧张对抗心理来设立的,而神圣与禁忌是神话的一体两面,在这个意义上说,十七年乡村叙事——就其社会主义想象的性质而言,更类似一种"信以为真"的游戏,或者说是乡土英雄与妖魔鬼怪残酷斗争的戏剧,关于英雄范型的理想构拟和关于欲望与恐惧的复杂呈现释放出强大的意识形态感召力,它超越了凡俗经验的强制,给剧烈变革中的乡村世界以类似超验的启示,不管是有意还是无意,它都卷入了一个宏大的历史神话和政治神话塑造的进程,或者说,这种乡村叙事本身就是历史神话和政治神话构造的有机部分。

乡土摩登:《朝阳沟》的理想、"时尚"和爱情

豫剧《朝阳沟》是以农村集体生产为故事背景并且按照"大跃进"的神奇速度创作出的一出现代戏。1964年元旦,毛泽东等中央领导在北京观看《朝阳沟》汇报演出,标志着该剧的政治地位达到巅峰。但是《朝阳沟》能够历经时间的淘洗在今天仍然受到广大农民的热烈追捧,却无法按照政治的逻辑进行理解和解释,这不能不算作戏曲现代史上的一个奇迹。"文革"开始后江青等人对该剧的批评恰好可以从反面说明该剧成功的原因并不是"政治正确",而是对银环等"中间人物"的

生动塑造,也就是说,尽管这是一出与"大跃进"密切相关的豫剧现代戏,但是它毕竟在政治理念的强制之外为当代人留下更多、更丰富的理解方式和情感内涵。就那个时代由政治所主导的城乡之间的迁移和户口(身份)界定而言,城市(工业)更多地代表着一种强势和优越感——父性,农村则多少是无奈和被动的——母性,或许,这才是真正的当代城乡融合史,而《朝阳沟》到底还是一出戏,然而戏剧并不简单意味着虚假,相对于巨大的现实鸿沟,《朝阳沟》的戏剧化展演形式成为那个过往时代青年农民"灵光闪现"的生活理想。

关于《朝阳沟》的叙述可以先从"劳动"开始。对于银环来说,回乡务农的愿望首先不是来自"劳动的经验",除了更高的政治意图可以作为支撑之外,她的愿望则在戏曲开篇时主要投射为一种诗意化的农村想象:

> 走一道岭来翻一架山,山沟里空气好实在新鲜,这架山好像狮子滚绣球,那道岭丹凤朝阳两翅扇,清凌凌一股水春夏不断,往上看通到跌水岩好像是珍珠倒卷帘。满坡的野花一片又一片,梯田层层把山腰缠,小野兔东奔西跑穿山跳岩,这又是什么鸟点头叫唤? 东山头牛羊哞咩乱叫小牧童喊一声打了个响鞭,桃树梨树苹果树遮天盖地,花红梨果像蒜辫把树枝压弯,油菜花随风摆蝴蝶飞舞,庄稼苗绿油油好像绒毡。朝阳沟好地方名不虚传,在这

里一辈子我也住不烦。[1]

尽管对于劳动成果的赞美本身也隐含着对劳动的颂扬,但是山水诗意毕竟不同于切身的劳动体验,这种分歧一开始就在银环和拴保(以及朝阳沟其他农民)身上非常明显地呈现出来,也是后来导致银环动摇退缩的重要原因。如果说劳动的庸常性、身体性对农村想象的诗性和神圣性造成了致命的消解,那么在这出戏里劳动无疑构成了主人公思想的分界线和自我斗争的"战场",而《朝阳沟》整出戏则是通过劳动来展开的"成长故事"——劳动所卷入的政治复杂性又主要透过主人公的身体和情感这个媒介传达出来,主人公在不断克服自身(体质和精神)弱点的过程中获得了劳动的自觉和政治性的理想确认。然而指责银环不热爱劳动也是不公平的,无论是诗意想象的情感动力,还是"广阔天地,大有可为"(1955)奠基的人生抱负,都是塑造银环劳动观念的重要因素,其实一开始导致银环劳动激情消解的恰恰是朝阳沟农民的态度——朝阳沟农民(除支书等人以外的"普通群众")的嘲笑(也许没有恶意)使银环觉得特别委屈,虽然这还是根源于银环在劳动上的"外行"表现,但是朝阳沟"劳动的共同体"仍然显示了自身的矛盾性:一方面它欢迎城里人加入,另一方面却以"劳动技术"和"体力极限"传达了某种排斥性(实际上也是区别性或强制性)。这两个矛盾的

---

[1] 1963年电影版《朝阳沟》,以下引用的《朝阳沟》唱词出处均与此相同。

方面可以统一在"规训"的主导意图之下,却很容易使我们忽视农村精神文化的特定舆论机制以及情感主导色彩,换句话说,比关注一种政治意图更重要的问题是:情感是如何在农村集体化劳动中构成改造的动力并塑造了农民自身的认同标示。作为戏剧化的因素,"陈奂生进城"和"银环上山"具有同样的身份区隔功能,它强化了外来者融入某种生活共同体或文化群落的"仪式化"条件,细节的繁复与约定俗成的看法构成了认同和区隔的显要标准,如同"懂得入"一样,在某些特殊的语境下,它会滋生出一种不怀好意的共同体凝聚力和强迫意图。对于银环来说,学会庄稼活是融入农村的"第一关",身体的磨练和精神上的训诫是同步进行的,无论是银环手上磨起的血泡还是农民的嘲笑,都说明体力劳动是个漫长而繁重的过程而且是精神改造的有效方式。其实不管是城里人(如银环娘)还是农民(如二婶),除了在政策(如户口制度)和实利(工商业所提供的便利)上的明显区分所造成的优劣取舍,大多数的城乡"文化"冲突都来源于那种偏向于自我安慰的对立性假设。拴保和银环的分歧恰好能够说明城乡之间情绪性的对抗最容易在"仪式性"领域爆发——在劳动问题上银环所遭遇到的揶揄甚或批评是朝阳沟"劳动的共同体"优越感和认同塑造的表现形式之一,也是农村和农民对于城乡关系的一次"想象性重构",其中的想象性资源既有政治意识形态的某些政策倡导,但是更离不开"劳动技术"这样一些最熟悉的生活材料。

银环在劳动问题上的挫折可以拆解为诗意的农村想象与技术性

的体力劳动之间的冲突,但事实上这个问题的解决却还是借由想象性的途径实现的,作为缓和劳动排斥性和强制性的方式,戏里戏外——作者和朝阳沟"劳动的共同体"一起为集体劳动涂抹上了绚丽的政治和道德色彩,比如拴保"咱两个在学校"一段唱词,引述了董存瑞、刘胡兰的革命事迹,用"我坚决在农村干他一百年"来强化政治性的决心。但是与拴保的说服方式相比,拴保娘在村头送行时拿出的"烙饼"(粮食)似乎更能激起银环道德情感的动荡——时至今日,农民与粮食生产的天然关系依然还可以作为农村供养城市的道德基础被引证,尽管没有采用拴保的劝说方式,拴保娘还是延伸了拴保"爹娘妹妹全县全城全国农民又是为谁服务的"之类的质问,这使银环最后一点关于城里人优越感的念头也被瓦解。不过,到此为止也还不能完整呈现银环获得"劳动自觉"的全过程,在这出戏中对银环情感变化起决定作用则的是有关"丰收的想象":

> 走一道岭来翻一道沟,山水依旧气爽风柔,(东山头牛羊哞咩乱叫),我挪一步我心里头添一层愁,刚下乡野花迎面对我笑,至如今见了我皱眉摇头,强回头再看看拴保门口,忘不了您一家把我挽留,你的娘为留我把心操够,好心的李支书为我担忧,小妹妹为留我跑前跑后,拴保你为留我,又批评又鼓励严格要求。这是我下乡时走过的路,在这里学锄地我把师投,那是咱挑水栽上的红薯,这是我亲手锄过的早秋,那是你嫁接的苹果梨树,一转眼就

变得枝肥叶稠,刚下乡庄稼苗才出土不久,到秋后大囤尖来小囤流,社员们发奋图强乘风破浪,我好比失舵的船顺水漂流。走一步看一眼我看也看不够,挪一步一滴泪气塞咽喉,回家去见了我的同学朋友,我有何言去应酬,走一步退两步不如不走,千层山遮不住我满面羞。我往哪里去,我往哪里走,好难舍好难忘的朝阳沟。我口问心,心问口,满眼的好庄稼,我难舍难丢。

(合)朝阳沟今年又是大丰收,人也留来地也留。

"下山"这一段与"上山"形成了强烈的呼应关系,在前面的场景中,银环还是个欣赏风景的局外人,而在后面的场景中银环已经是一个劳动者,从旅行者到劳动者之间的考验和历练在戏中被两种场景所替换,就戏剧的层面来看,构成两者之间转换的艰难历程在时间上被极度压缩了,因而导致银环去留抉择的动力已经发生了重大偏移,劳动的果实——作为一种情感发生基础——进一步凸显了劳动的意义,劳动的辛苦和委屈似乎很容易被更"有意义"的事物弥补或消解了,其实在这种转换过程中间依然还存在着巨大的经验裂隙,关于身体与劳动、戏剧美学与"现实"之间的斗争并不可能随着大团圆式的结局而最终获得弥合,不过稍许有意思的是,在很长一段时间里,广泛流传的《朝阳沟》使戏剧本身也成为一种"真实"的经验材料加入到劳动及其共同体价值的强化和扩张中来,具有理想示范意义的劳动者形象与"政策"相比似乎更能发挥情感召唤的魔力。

在银环身上塑造劳动观念的因素是多方面的,上面一段引述的唱词不仅可以说明银环内心斗争的关键环节,而且还能够提供农民想象的基础逻辑,更重要的是,银环在情感上的痛苦抉择和自我蜕变,则使农民式的道德逻辑和"主体"确认获得了强化,或者说,银环这个城里人也构成了农民对于城乡关系"想象性重构"的经验资源。《朝阳沟》可以为那个时代的农民提供一个农村理想的范本,其中的基础逻辑仍然是农民朴素的生活理想和道德理想,在《朝阳沟》最具戏剧推动力的部分场景中很清晰地展示了这种逻辑是如何展开的:

> 昨夜晚我老婆做了一个好梦,梦见了那银环前来看我。一进门,笑呵呵,先叫娘,后叫爹,下地干活很利索,帮助我老婆把文化学,高兴得我心里没法说。老头子在一旁推推我,老东西你呀,你几辈子没有当婆婆。猛醒来,听见鸡叫三遍,一晚上两只眼我再也没有合。

梦可被视为"现实"的心理镜像,也往往是某种"现实"缺失的替代性补偿方式,梦境及其醒来后的怅然若失或多或少地呈现了拴保娘——一个农村婆婆心目理想的"美好生活"及其天然的脆弱性,很明显,在婆婆的潜意识里,银环这个城里媳妇看起来还是有些让人"高攀"了。其实就戏曲的"圆满"结局来说,这种城乡结合的"美好生活"的基础仍然还不是那么牢固,因为它最终所展现的除了银环的政治觉悟之外,还有拴保娘对城里儿媳的特殊照顾："吃穿不用她沾手，现有巧真俺娘俩，老嫂子你放心吧，婆婆不会难为她，在家生来好喝水，一天三遍不离茶，一天到晚有开水，茶瓶暖壶有俩仨。"这和戏中重复出现的拴保娘对未来儿媳的期待有着一致的脉络，相对于政治的训诫和劳动本身的"门槛"，拴保娘表现更多的是一种妥协和包容，与其将拴保娘这种做法视为政治规训的帮衬，倒不如说戏曲故事依然广泛采取了农民的情感与想象方式，这和《花好月圆》（根据赵树理《三里湾》改编而成）中的"欢喜配"模式具有相似的发生逻辑，事实上，一直到今天《朝阳沟》最受农民欢迎的唱段还是银环的"下山（走一道岭来翻一道沟）"和"亲家母对唱"：

亲家母你坐下，咱们说说心里话，亲家母咱都坐下，咱们随便拉一拉，老嫂子你到俺家，尝尝俺山沟里大西瓜，自从银环离开家，知道你心里常牵挂，……，你到家里看一看，铺的什么盖的什么，做了一套新铺盖，新里新表新棉花。

虽然说"劳动的共同体"在不断推动个体寻求认同，[1]但就银环融入朝阳沟的动力构成来看，它很难说对于一般城市市民是富有诱惑力

---

[1] 集体化生产在塑造其合法性的时候总是有意识地回避劳动对人的束缚，对集体化过程中的个体而言，劳动的自觉性往往是与一种共同生存的理想图景捆绑在一起的，被规定的认同路向以及它的另一面——制造群体性的排斥机制，强化了这种捆绑的力量。

或者说是有效的,而相反是立足于农民自身对于城乡矛盾的"想象性解决方案",是农民理想的自我确认方式,规训的意图在这里反倒是沦为了农民道德的政治化表象。显然,仅仅指出这种想象是意图重构不平衡的城乡关系未免有失于片面,从更为基础的层面来说,通过劳动而确认的农民身份以及支撑性的情感、道德逻辑仍然是这个理想的核心,只不过大多数时间它是以隐藏的姿态潜伏在劳动的背后,《朝阳沟》则是这种理想性的光照方式,它变成了农民自己的梦。

既然说《朝阳沟》是梦,似乎就像很多人指责的那样——相对于更加冷酷的现实以及劳动本身繁复庸常的本质,它是虚假的,这里随便摘录几段有代表性的批评《朝阳沟》的文字以供大家参考:

> 《朝阳沟》完成于大炼钢铁的年代,它很矫情地用一层温情的面纱,遮住了"城乡二元结构"下农民那沉重的精神与物质的双重灾难。银环进山时,禁锢农民的严密机制业已形成,农村已成为惩罚、改造城里人的地方。被规定为"农业人口"的拴保没有一点选择的权利,理想、文化都改变不了他在山沟讨生活的命运。戏中所谓朝阳沟人的自豪,不过是"咱队里,一敲钟,他两个,前面走,咱娘俩,后边行";这奇怪的"幸福滋味",在那种导致缺吃少穿的"优越体制"一败涂地若干年后,回味起来越发的

奇怪。

……

银环,一位被派遣来慰藉农民的"天使",一位最有农民缘的"大众情人"。因此,当栓保叫出"银环同志",搬出刘胡兰、董存瑞用政治砝码平衡爱情天平时,农民兄弟也顾不得这有多畸形、多别扭,只觉得摧枯拉朽很痛快,庄稼汉、庄稼婆成功教育了城里女学生挺过瘾。

在一个天下农民最痛苦的时代,创作出一部让农民教育城里人的戏,真的很高明,但也很惊险。戏中的城里人很肉麻地说:"在这里一辈子,我也住不烦啊,哎哎呀哎哎呀";农民对城里人说:"可不能把文化,当成包袱背哎哎哎哎"。这些话,我并不责怪作者多少,我知道作者当时跟很多人一样是吃了蒙汗药的;他的不对,在于他吃了蒙汗药之后又拿这蒙汗药加上唱腔给我们消受,在于他至今仍不自省于药物的毒害并且还沾沾自喜于这服蒙汗药药力的持久。

这些话的预设还是可以理解的——因为这位评论者的判断基本上还是出于那种对"天下农民最痛苦的时代"的体察,他认为,如果今天还在流行《朝阳沟》,则"意味着一种嘲弄、一种用冷水都泼不醒的混沌和混沌的蔓延,一种由于人数众多而即将逃脱良知追究的狡猾",它不仅是让人"耳朵不适",而且更"倒映出我们身边人们精神上的强大惰性和地方文化发展的黯淡"。[1]但是这个评论实际上混杂了很多不同层面的问题,比如,《朝阳沟》本来是个什么样的故事;它过去为什么流行,今天为什么还传唱不衰;今天的人们有选择地使用了《朝阳沟》的哪些故事情节或想象资源,等等。因此,即使是要追究责任,那么不一样的问题也会关联到不同的责任"主体",笼统地放在一起来说就很容易打错靶子误伤一大片。首先,《朝阳沟》中的政治高调和情节硬伤有目共睹,这出戏今天还在流行并不必然意味着当代人依然延续了那种政治图解模式或者是"教育城里人"的快感,也可能只是因为这出戏是自己青春记忆的一部分,它或许已经变成一首怀旧的老歌,成为联通过往历史的一个符号或者情绪碎片,据我了解,今天还在流行的《朝阳沟》曲段更多是那些最朗朗上口并且与戏曲人物的丰富情感相关联的内容,显然,《朝阳沟》在今天所卷入的其实主要是美学或诗学问题,虽然不能说与社会政治完全无关,但是在判定其社会政治作用的时候我们还是应该抱持谨慎的态度,或者说应该把这些问题作为更为复杂的诗学政治来处理;其次,当代人可以选择喜欢或者不喜欢这出戏,但针对一个已经历史化的戏曲所作的批评应该尊重文本的特定生产和接受语境,事实上,《朝阳沟》却是"大跃进"时期文艺创作中的一个"异数",稍微具有历史常识的人都知道,导致该戏最出彩的"中间人物"的塑造方式随即遭遇到了广泛的政治批判,也就是说,在当时

---

[1] 尽管这种批评出自网络这种大众媒体,但其批评方式具有一定的代表性。

的一些显要的政治人物眼里,《朝阳沟》恰恰是缺乏政治性的,因此今天我们对历史文本的评价不能过分依赖当下的孤立判断,而还应适当尊重历史过程,这样才不至于完全抹杀其曾经具有的"进步"意义;再次,《朝阳沟》变成了某些地方、某些团体的文化品牌,有些人甚至利用这出戏争名逐利、打官司,这只是有选择地利用了该戏的某些现成的"文化资源",针对这样的连带问题,还是应该放置在与流行文化衍生价值有关的层面来解释,因而大可不必把脏兮兮的帽子扣到所有农民的头上,变成所谓的欺骗或者自我欺骗的问题。其实用虚假并无法解释为什么《朝阳沟》可以长久流传,用虚假也无法指责农民善于欺骗自己或者习惯被欺骗,如果无视每个人内心柔软的精神内核,任何坚硬的表象都不过是阻碍我们理解历史和生存复杂性的绊脚石,上面的所谓批判论调无异于告诉大家:如果现实中得不到,那就想都不要想。这样一种逻辑才是货真价实的欺骗:一方面承认农民的痛苦,另一方面却反对想象性的解决方案。综观全文,论者虽然貌似"同情"农民,但事实上仍然是在强化那种把农民当作"麻木""腐朽"对象的老套判断,也正是因为对农民生活的无知和隔膜,才会导致这样的论调以囫囵吞枣的方式复活了《朝阳沟》中最糟糕的政治逻辑,而把最鲜活的"人情味"作为虚假之物丢弃了。我并没有赋予《朝阳沟》以重大意义的企图,对于当代人来说,适当尊重他人生活和情感的复杂性,谨慎地还原、析取、参考多元的历史经验并建立当代人的价值思考也许才不至于陷入简单的政治强制和自我蒙蔽的"圈套"。

在宏大的历史叙述的夹缝中,《朝阳沟》以一种民间流行的方式为当代社会持续播撒着情感和记忆的碎片,并重新构成青春和历史的想象素材——《朝阳沟》以"不在之在"确证了生活中不曾放弃的农民的理想,它不必过分依赖于城市、政治或其他任何现实的承诺。与"虚假"式的判定恰恰相反——就《朝阳沟》的传播与接受史来看——银环不仅不是一个被成功改造的"城里人",而且还变成了一个可供农村青年女性模仿的"时尚"对象,在我见过的那个年代的农村青年女性照片中,许多人选择了清一色的"银环式"装扮来展现自己的青春形象:两条黑长辫,白色翻领衬衣,细格子上装(这种流行装扮随着文革的到来而迅速终止,并且在1981年拍摄的电影《喜盈门》中经由小姑子"仁芳"又重新复活);而且根据父母那一代人的回忆,看过电影之后的青年农民在田间地头总会不自觉地哼唱起熟悉的《朝阳沟》曲调[1],或许可以这样说,经由电影广泛传播的《朝阳沟》是那个时代的农村流行文化,它至少在女性形象和口头唱曲两个方面满足了农民的"时尚"生活要求,"戏里人生"以种种流行元素参与到了生活、劳动的美化和解释之中。但是我们应该清醒地看到,《朝阳沟》中银环式的及腰的大辫子和白色翻领衬衣对大多数农业劳动而言显然是不适合的,因为它们都需要更多的"闲暇时间"来进行打理,"个人卫生"在当时对一般农民来说总归是奢侈的事情——这些都是与庄稼活不相容的"异质性"内

---

[1] 田间地头的流行唱曲虽非劳动拒斥之物,但也不能算非有不可的东西,它与所谓"劳动号子"这种后来被改编、展演并流行的东西并非一回事。

容,是劳动对身体的"强制性"所遭遇到的抵抗性或者游离性因素。因此,通过《朝阳沟》在农村的接受过程我们可以发现一种戏剧性的"颠覆性"想象发生逻辑——被改造者银环和其他超脱"劳动技术"控制的元素以流行"时尚"的方式逆转了单向度的文化改造模式。正如前面的分析,尽管"劳动的共同体"似乎对银环成功地实施了改造,但是其想象性逻辑依然是通过对劳动的美化而实现的,在这个过程中,身体层面所承受的控制和矛盾事实上被更强大的精神动力巧妙地掩盖了,在对那种本来由身体所承担的农业劳动的美化过程中,相对于更为强大的"劳动精神",女性的身体反倒沦为了次要的"控制对象"。然而在观众的接受中,这种次要的"控制对象"又重新被筛选出来、跃居前台并成为劳动的区别性展示,尽管它并不完全是正面、直接的拒斥或抗争。当然,在《朝阳沟》接受过程中的这种"颠覆性"方式也很难被狭隘地解读成农民对于城市文化的妥协和迎合,因为我们并没有确切的资料或数据来证明这是一种大规模的"文化工业"入侵的产物,虽然这种流行的基础条件是电影这种工业化传播程序,不过在1960年代至改革开放之前的这段时期,电影及其衍生的文化景观是无法被作为一种工业社会(甚或后工业社会)的消费文化链条来解读的,因为很多人甚至不是从市场上选购而只是依照电影中的样子手工制作了这样的服装款式,这种"时尚"的模仿更多是表现为青春气息的确证和灵光闪现的"生活美学"——即使是被称为"生活美学",它也只是一种节庆或者仪式化的生活美学而并不具备消费主义"持续模拟"的能力,它只能在比如那个时代的政治庆典、英雄大会或者相亲、照相时,才更有机会盛装登场,因而它是非日常性的,是暂时的"出格"。不管怎样,模仿的对象毕竟不是劳动的服装,"时尚"元素的析取方式使服装在劳动的故事(《朝阳沟》)中挣脱劳动的束缚,而成为农村青年女性身体的重新标示,即使我们不把这种"时尚"行为看作是对劳动本身的"反抗",起码也意味着农民劳动者本身对劳动的矛盾态度,它甚至也可能预示着劳动者在劳动身份的自我确认过程中隐含了更为复杂的价值选择或理想标尺。细究起来,银环这个形象并不能被单纯地看作一个城里人,她更重要的身份其实是青年人(比如银环娘虽然也是城里人,但是银环娘无论如何也不可能成为当时的文化模仿对象),因此银环这个形象所提供的"时尚"模仿意义更多的是建立在与农村青年有关的理想性方面——"年青人多理想展翅高飞",理想最初一般是来自于某种抽象的理念,而银环这个不寻常的角色能够适当弥补政治理念的空缺,提供理想想象的原型,而且更重要的是,银环是个有文化的青年人,在当时的政治氛围中,城市知识青年还不完全是1968年之后"接受贫下中农再教育"的明确政策对象,在"文革"到来之前政治语义所留下的狭小缝隙中,"做个新型的知识农民"或者"农业科学家"对于青年农民而言是更具理想性的人生目标,也符合求新求变的"时代潮流",这一点与农村青年最为切身相关,正如电影《朝阳沟》片尾所唱的那样:"老风俗就习惯随人改进,年年改月月换万象更新,有文化当农民情通理顺,坚决做第一代有文化的农民,一代一代传下去,要当成传家宝留给子孙。"朝阳沟的舆论氛围是"有文化能劳动人人尊敬",它不仅对银环具有理想的感召力,同时也是广大农村青年的人生目标,是农村变革和发展的理想方向,这才应该是"时尚"最坚实的底色。

作为被改造成功的标志,银环在戏尾剪短了辫子并换上更符合农村标准的斜襟上衣;但是在另外一个银环遭遇最严重的劳动挫折——"担水"这个戏曲场景中,银环试图把辫子盘到头上以更方便做农活,这虽然也是很符合劳动"现实"的做法,却随即受到了其他农村女性的嘲笑——因为"盘头"在农村也具有结婚出嫁的象征意义。所以,长辫子这个形象对未出嫁的农村青年女性更具自我标示能力,它既是劳动的区别形式,也是一般意义上家庭妇女的区别形式。[1] 戏里戏外,尽管服装和发式的强化方向具有相异的一面,但作为"劳动态度"的验证之物,女性形象的视觉认知、服装体系与共同体观念以及围绕身体所构建的意识形态依然保持着深刻的关联,这样我们就可以把《朝阳沟》的文本与语境纳入到共同的结构中来进行分析。按照一种后现代式的说法,身体是现代民族国家的基础性隐喻,"身体既是对象,又是手段;既是手段,也是目的"[2],从国家权力的角度来说,"集体化劳动"和与此相关的"社会主义劳动竞赛"强化了更明确的生产价值、阶级位次和空间秩序安排;从女性身体意识的角度来说,服装和发式的选择又隐匿地传达了劳动者对于集体控制的屈从、迎合或者反抗的矛盾态

[1] 也正是这个原因,银环的形象才更容易使农民将其与青春记忆联系起来。
[2] 汪民安:《身体、空间与后现代性》,江苏人民出版社,2006年第1版,69页。

度。但是这里还隐含着一个不甚明晰的问题,即,辫子和服装款式并不能完全作为女性身体的替代并代表身体发出声音,汪民安就认为头发只具有一种"半身体性",是"栽种在动物身上又可以与之决裂的植物",这意味着头发可以被身体视为一个"多余物或剩余物",头发和身体的分离"既没有精神的苦痛,也没有肉体的苦痛"。[1] 按照这样的判断,银环在辫子和服装上所做的舍弃似乎并无关太大的痛痒,但是至少经过《朝阳沟》的"颠覆性"接受过程的参照,我们可以看到辫子和服装样式更能明确地展现女性的身体自觉,显然,这种后现代式的"文化现实"还不能完全用来描述银环以及其他处于政治或习俗控制夹缝中的人群——正如明清之交发辫关乎人命、清民之交发辫关乎国运那样,银环剪短了的辫子则表明女性特征进一步受到抑制并使竞争转移到"体力"和"技术"上来,女性在劳动中获得的价值确认的过程正是其身体区别特征不断隐匿的过程,因此与银环手上磨出的血泡相比,辫子和服装似乎更处于政治与女性身体矛盾的漩涡。在这样的阐释框架中,我们既无法把女性身体作为纯粹的自然,也不可能仅仅作为另一个极端——符号形式,围绕银环的辫子、服装所卷入的矛盾事实上都可以作为情感和历史经验的构建材料纳入农民在场的文化分析。

那个时代《朝阳沟》吸引人的地方还在于讲述了一个不多见的含蓄的爱情故事:"咱两个在学校整整三年,相处之中无话不谈……",戏

---

[1] 汪民安:《身体、空间与后现代性》,江苏人民出版社,2006年第1版,69页。

里面尽管只呈现了董存瑞、刘胡兰这些恋爱中的谈话内容,但是仍然给人们留下了巨大的想象空间,甚至可以说,爱情的力量以及随之即来的幸福家庭——作为一条隐匿的线索,是促成银环扎根农村的更重要的基础条件。与拴保相对生硬的政治面孔相比,银环较全面地展现了年轻女性可爱的性情和棱角:憧憬理想生活的热情、劳动竞争中的小性子、价值失落时的委屈,以至面对(拴保)政治说教的抵触情绪,等等。也正是因为银环是这样一个活生生的人物形象,所以在一般观众看来她的转变也是可以理解的。在对城乡融合史的考察中,我们似乎可以发现一种比任何易变的政策性说辞更持久和丰富的人性力量,那就是城乡结合式的婚姻和家庭,它构成了面向城乡历史、共同未来的情感和经验原型,过去的故事已经发生,未来的可能性也寓含其中。在一种隐喻的意义上说,我们很多人就是"拴保-银环"式的城乡结合所诞生的下一代,"改革开放"之前 30 年的国家发展历程对很多人而言既具有宿命的意味,同时也呈现了我们自身历史基因的混杂性和矛盾性,事实上《朝阳沟》不仅是父母那一代人的共同经验,它也成了我们成长过程中的鲜活记忆,戏中角色和戏外人生如此深刻地纠缠在一起,从而进一步模糊了生活和虚构的界限,并可以卷入到当代城乡融合史的想象性叙述中来——当然,天然的裂痕也埋伏在其中,不幸的是,当下的"现实"生活正在拼命地强化这种区隔和分歧。拿今天的眼光来看,高中生拴保和银环还得算脆弱的"早恋",可它却是构成朝阳沟生活理想的基础成分,因此单就爱情的自由度来看,那一代人的束缚似乎比我们要少得多,也正是基于这一点,今天的人恐怕已毫无资格来嘲笑银环所遭遇的习俗的阻力。今天在农村或许还能够找到一些清新的空气和山水诗意,但是拴保和银环的爱情却只剩下一层历史的空壳,变得更加虚幻缥渺,没有光明前景的"朝阳沟"更难迎娶一个光鲜的城里姑娘,而城市则重新复活了工商业文明的神话并为乡下人准备好了天堂和地狱——无论是拴保的政治高调还是银环的道德自觉都已经无法弥合日益扩大的城乡鸿沟,爱情在面对金钱和物质的"强大力量"时是那样脆弱不堪。也许,朝阳沟真的只是一个虚幻的梦,它曾经属于那个时代"灵光闪现"的现代化历史异动的一部分,普通百姓的口头传唱毕竟只是一种想象性的自我安慰,而历史的反复无常似乎更加确证了农民理想的苍白。

香草之恋与寂静之声

我一直比较好奇,为什么歌曲《斯卡布罗集市》(*Scarborough Fair*)中没有一句毕业的祝福,但它的旋律却可以成为毕业时弥漫的情绪,我相信1980、1990年代的毕业生多少都曾经被这首曲子击中过柔软的小心脏。然而追溯这种情感的起源,却与我们没有多大的历史关联,因为这首歌是与美国的1960年代和达斯汀·霍夫曼主演的电影《毕业生》(*The Graduate*)联系在一起的,除却叛逆、迷失以及混合着青春躁动气息的情与爱,1980、1990年代的中国与1960年代的美国还是有些距离的。

斯卡布罗集市有迷人的香草——香芹、鼠尾草、迷迭香和百里香（Parsley, Sage, Rosemary and Thyme），那香草让"我"想起一位曾经热爱过的姑娘。这种香草和爱人相互映衬的图景，颇类似于《诗经》中的情歌："隰桑有阿，其叶有沃。既见君子，云何不乐？"对恋人的思寻，总是置放在万物生长的山野与自然中，田园自然有情爱，然而此时的田园是物种本自的田园、生命劳作的田园，爱情无疑也是天地宇宙之顺应，"野有蔓草，零露溥兮。有美一人，清扬婉兮。邂逅相遇，适我愿兮"，"桃之夭夭，灼灼其华。之子于归，宜其室家"。

田园观念本身包含着宇宙论和道德价值，按照葛兰言的理解方式，"鸟儿比翼双飞的景象，其本身就是对忠诚的告诫"，"适"和"宜"的反复强调，传达的其实就是对"自然恰切"的追求，顺应自然即是合乎天人秩序的道德。思之不得，辗转反侧，《斯卡布罗集市》中似乎又充满了忧伤和阻隔。从歌词的表层来看，做一件没有接缝且找不到针脚的麻布衣裳、在海水和沙滩之间找一亩地，以及用皮做的镰刀收割庄稼，似乎都是不可能完成的任务，从其保留的古老民谣的痕迹上来推测，这应该是一个变形的"考验-通过"仪式，大概唯有经过如此考验，爱情才真正具有忠贞的品质——以天地、香草为证，那么她一定是我真正的爱人。

在考察香草意象的时候，我恰好遇到利物浦的爱丽丝·费雷伯博士，她帮助提供了中世纪英国文化中关于这几种香草药学意义的一些诠释:香芹益于消化系统,可治疗胃痛,并引申用于减轻情感上的苦痛;鼠尾草是一种防腐香料,具有抗感染功效;百里香也是一种防腐香料,经常代表着爱和勇气;而迷迭香除了可作为香料使用外,更有着诸多诗意和神圣的联想,象征着爱和忠诚,在英格兰常用作婚礼的装饰。应该可以这样理解,重复出现的香草——正是由于它们所保留的古典和田园印记——在情感意义上成为了平复内心伤痛的"忘忧草"。

类比观之,古之香草兼具实用(如药草)与象征(如信物)功能,大略中外皆同,而象征意义可能正是基于其实际的功能来的,即从生物性功能转换到了仪式性功能。其实在《诗经》的大量植物中,本来也不乏药草,如艾草、芍药、茯苓等,都具有治疗的效用,它们在象征的意义上基本可归为"治愈系"植物;时至今日,中国百姓在端午时节采摘悬插艾草的习俗,仍然隐秘地保留了扶正辟邪的古老意义,这是祓除仪式的现代延续。古人通过采花、沐浴、饮酒、且歌且舞驱除邪恶和秽气,今人则在象征性的隐秘遗传中召唤、抚慰失落的灵魂。《斯卡布罗集市》的诠释没有从根本上脱离田园的象征,香芹、鼠尾草、迷迭香和百里香的反复诵唱仿佛构造了一条神秘的灵魂螺旋,让人超离伤感与在地,宁静而迷狂。在某种意义上,它暗示了一种追寻、复归的精神历程,与达斯汀·霍夫曼失而复得的爱情具有内在回应性,浪漫而古典,叛逆且又执念。

其实,电影《毕业生》里的另一首歌曲《寂静之声》(*The Sound of Silence*)更能直接抵达寂寥与空无的内质:我们已习惯于暗夜,时刻在言说,却从未分享声音,当光芒刺破平静的夜空,恍如神迹显现,触动寂寞的灵魂。"寂静之声"是英国诗学传统中永恒的田园母题,田园诗人常常用敏感的神经在天空、大地、自然与梦境中捕捉寂静的声音。但是在英文语境中,"静"分别对应着镇静(calm)、静止(still)和静默(silent)等不同的指涉,比如在华兹华斯(William Wordsworth)的《序曲》中,这三种"静"都得到了呈现:"我清楚地记得这些羽毛,/这些野草,和墙上高高的针茅,/被雾和安静的雨珠镀成了银色,/一次我从这里路过,在心中刻上了/如此沉静的意象,/如此安宁和沉静,在充满我脑海的那些不安的思绪中,/看起来如此美丽,/他们从毁灭和变化中/感到悲伤和绝望,以及生存那短暂的景象/留下的所有悲痛,/就像一场无聊的梦。"华兹华斯沉浸于大自然的安宁和沉静(calm)并将其相对化为永恒,相对于其心神的不安,自然景象似乎具有抚慰与疗救的功能。

然而,在塞缪尔·柯勒律治的《午夜之霜》中,极端的自然的沉寂却是引起烦乱的根源:"屋内的同伴都已睡去,/只剩下我,与冥思相随的孤独,作伴/摇篮中的婴儿/在我身边安然入睡。/真平静! 如此平静,用它那奇怪而极端的沉寂/大海、山峰和树林,来扰乱/神思。/这个人口稠密的村庄! 大海、山峰和树林,/伴随生活的无休无止/恰如梦境不可听闻。"相比较华兹华斯对静谧魔力的沉迷,柯勒律治将反思指向了自然的沉静本身,神思由此而中断。雷蒙·威廉斯认为,柯勒律治这种令人烦乱的冥思标志着传统秩序开始崩溃,新田园诗的心烦意乱揭示的正是宗教田园崩解之际的矛盾性与怅然若失，天人于是分殊，诗人们逐渐失去了"泛爱万物"、与天地化为一体的能力。虽然在这两首诗中"梦"都是作为否定性意象出现，但对后者而言，梦的虚幻性意谓自然万物世俗化的降格。

《寂静之声》呈现了同样不安的灵魂，柯勒律治式的烦乱像在梦境中播下的种子："那幻影悄无声息地潜入/播下种子/趁我熟睡之时/那幻影/深深地植入我的脑海里/至今还留在/寂静无声的时刻/无数不安的梦中。""静默像癌细胞一样生长"，而不安则是时代的回声，《寂静之声》和《斯卡布罗集市》的双声部构成了层叠不断、矛盾畸变的精神回响形式：光明与暗夜、寂静与不安、恋人与忧伤、香草和土地……"治愈系"物种根植于不安的梦境，催眠和唤醒是它神秘的两用性。经由《斯卡布罗集市》的多声部还原，在田园诗的主调下混合着躁动而感伤的时代声音，这尤其体现在其副歌对战争反思的部分："熟睡中不觉号角声声呼唤/从小山旁斑斑草叶上/洒下的银色泪珠冲刷着坟茔/士兵擦拭着他的枪/战火在罪孽深重的兵营中开始燃烧/将军们命令麾下的士兵冲杀/为一个早已遗忘的理由而战。"其实，包括保罗·西蒙、鲍勃·迪伦等民谣歌手在内，二战后兴起的数波乡村民谣高峰，几乎都是和美国社会思想文化的演进同步进行的，它保留了历史不断畸变、回转、升腾的踪迹。理解了这个整体性的文化脉络，也就能够理解《斯卡布罗集市》所隐含的矛盾、抗争的当代性指涉，那么追寻其隐秘的情感原型也就具有了人类学意义上的可能。

除了静默的灵魂,世间也许再也没有桃花源。由此,毕业也可被视为一次通过仪式,既是告别亦是唤醒,既是静默的精神内面亦是不安的情感回应。只是,在回望与审视中凝望未来,会不会让我们更清醒而自由地前行呢?

伦理危机与代际关系的未来

在城乡剧变与社会转型的时代背景下,有关重建家庭伦理和回归"孝道"的主张又回到人们的视野,这很容易让我们重新想起三十多年前一部里程碑式的农村电影《喜盈门》(上海电影制片厂,1981),这不仅仅由于其轰动的传播效果[1],更因为它在深刻的层次上预言了此

---

[1] 从"文革"结束到该片出现之前,电影界并没有像样的"农村片",1979年底《人民日报》还曾经发表过一篇文章提到"为什么农村片这么少"的问题,这引起了各电影厂的注意,都开始抓"农村片",在这样的背景下,《喜盈门》这样一个农村家庭题材的影片才(转下页)

后数十年(以乡土社会为基础的)中国社会的整体伦理危机,可以说,《喜盈门》这个故事并没有真正离开我们的现实,但是《喜盈门》"大团圆"式的家庭和解方案还有没有生命力、如何面对更具广泛性的"扩张式"占有主体以及如何在失范的伦理危机中重建共同生活,则需要在当代变革与社会转型的历史语境中重新加以清理和思考。[1]

一、主体扩张、失范与核心家庭的再生产

《喜盈门》是一个变革时代的经典影像,它作为新时期"农村三部曲"之一及时地反映了农村经济改革所激发的家庭矛盾,并以喜剧形式推动了农村社会文化的"自我修复",深受广大农民的喜爱。毫无疑问,电影的轰动在于触碰到了"赡养老人"与"家庭和睦"等农民的"痛点",而时至今日,我们仍然还无法恰当有效地理解和处理农民的这些"痛点",有些问题反而变得更严重了。

就电影文本的表层来看,家庭矛盾主要集中强英身上,相比较二媳妇水莲这样"顾家"、"厚道"的家庭角色,大媳妇强英似乎是一个"麻烦制造者",她爱占小便宜,对大家庭的事务很消极,总想分家过小日

(接上页)应运而生,并获得第二届中国电影金鸡奖荣誉奖、最佳音乐奖、第五届大众电影百花奖最佳故事片奖,1981年文化部优秀故事片奖等褒奖。但是《喜盈门》最高的奖励还是来自民间,该片在农村的普及程度以及产生的影响都是空前的,它曾经在1981年创下卖出4212个拷贝的纪录,而在当时一般的电影能卖到250-300个拷贝就已经算很高了。

子。这样一种偏向于"自我"的人格形象在城市空间中与同时期的"潘晓"具有呼应性,这是强英出现的时代背景和思想来源,我们可以看到一种具有主体觉醒意义的意识形态又开始在乡土社会中悄然萌生。剥离开大家庭的义务,强英其实是一个"好媳妇",她爱老公、善于利用各种手段为小家庭谋利益,如果作为新时期个人发家致富的人物来看,强英式的性格在当时应该代表着官方政策肯定的"正确方向"。"分家"也可以视为一种"脱域"的意图,它既指向既有的生产组织,也指向必须为之承担义务的"大家庭",个体性、私利性话语对集体(包括大家庭)话语已经构成了强有力的挑战,"爹有娘有不如自己有",强势个体在分化的利益格局中越来越占据有利的竞争地位。同时,随着既有的生产组织(公社、生产大队)在生产资料和收益分配等方面职能的减弱,其原先附加的政治权威性和利益协调能力也随之不断消解,而更高层级的价值规范并没有出现并填补权威消散之后的空缺。对于潘晓的"个人主义"问题,我们已经讨论了很多,其中关键的问题就是如何处理个人主义启蒙的负面遗产"唯我主义"——现代社会必须要面对与自由相伴而生的"扩张式占有主体"这个副产品,而如果无法将离散个体"重新嵌入"紧密的共同体框架并重建超越性的价值认同,将会直接导致共同责任和公正性的缺失,失序是不可避免的。

尽管影片还没有明确触及"分田到户"(即"家庭联产承包责任制"),集体生产的形式也还在基本维持,但是力图摆脱"大家庭"的约束、"分家"单过的想法已经很明显,这与整个社会经济模式的变化具有内在的同构性。1970年代末到1980年代初是农村由集体生产向"家庭联产承包责任制"转型的关键时期,劳动制度和家庭模式又进入一个互动调整的阶段,"包产到户"以更小的生产单元强化了"核心家庭"的生产独立性和经济自主性,小家庭更占据着生产劳动、经济和亲属交往等诸关系的核心地位。一方面,这种生产方式会进一步激发儿女"分家"的要求,过好自己的"小日子"成为一种普遍的理想生活想象;另一方面,原来已经或多或少实现的集体化、社会化形式不再具有效力,赡养老人、交纳公粮等义务又恢复到由家庭单元承担,因此说,围绕强英所交织的矛盾事实上是社会矛盾的投影,这种社会矛盾重构了家庭权力的分配、夫妻关系安排以及社交身份的塑造等家庭政治形式,农村社会和"大家庭"中的各种矛盾必然会在小家庭中进行交锋或者获得调适,但这并不是说小家庭本身在被动地承受着社会矛盾,事实上家庭主体的结构模式和行动能力也会影响亲属关系的构建以及群体伦理取向。

从性别角度来看,《喜盈门》中出现了好几个"女强男弱"的家庭:强英和仁文、强英的父母,以及小姑子仁芳和村会计即将组建的小家庭,男人形象的消退反衬出家庭重心在逐渐向女性偏移,这种情况在新时期农村社会中已经越来越普遍,它直接导致家庭权力分配的变化,以女性为中心确定核心家庭周边的亲疏关系渐成趋势,而这样的家庭格局必将深刻地影响到农村赡养方式的变迁方向:(1)随着女性经济地位和自我意识的提升,女性对于家庭生活质量(包括物质、情感等不同方面)的要求会不断提高,传统的贤妻孝妇式道德说教越来越难以维持;(2)面对法律所要求的子女同等的赡养责任,儿媳妇必然遭遇"婆家"、"娘家"两面赡养的矛盾,但多数农村女性不具备均衡分担的能力;(3)如果女性掌握着家庭财产的分配权,那么在以女性为中心确定的亲属关系优先顺序中,公婆不是亲爹妈,"娘家人"将更加受益,厚此薄彼的情况会屡屡发生。恰恰是因为这些复杂的因素,由赡养问题引发的夫妻矛盾也不断增加。探讨"女强男弱"的成因,或许也可以这样理解:很多男人之所以"怕老婆",往往是"委曲求全"、以某种妥协形式换得妻子对赡养公婆的支持,这是核心家庭中微妙的权力让渡方式,与大家庭(家族)中围绕男性长老建立的权威体系有根本不同。女性、个体,甚至自私这样的概念都是现代意义上的身份形式,这些变化对传统亲属关系和家族模式所带来的最大的冲击是差序性、利他性观念的消解,实际上现代以来由家族到核心家庭的蜕变已然在发生,只是由于计划经济时期"单位"可以提供社会保障功能,赡养的问题并没有凸显出来,而当集体化退出历史、个体化重新启动时,家庭伦理危机才又重新激化,其实更深层次的危机是传统的"道德共同体"或"道义乌托邦"已千疮百孔甚至基本破产,这才是家庭伦理危机的根源所在。

转型社会中的家庭伦理危机涉及很多层面,比如性别关系、婚姻忠诚、抚育与互助、情感形式等等,但代际关系无疑是其中特别具有危机性的部分,《喜盈门》故事里仁文"打老婆"和威胁"离婚"等核心家庭内部的矛盾其实都是由代际关系断裂所引发的连锁反应,代际关系断裂既是传统家族模式向核心家庭分化中衍生的问题，也是核心家庭再生产必然要面对的问题。强英对待自己的孩子与老人虽然有区别态度，但实际上都从属于代际关系，并受到"养儿防老"观念的规约，这种观念本来是与宗法体系一起构成乡土社会孝道人伦传统的运作逻辑，但是当它遭遇到土地制度和生产关系变革的冲击之后已经无法获得足够的制度性承诺，然而赡养模式的代际断裂并不意味着强英不承认"家庭养老"传统，而更多是一种生活成本计算方式：作为自己未来的养老投资，在经济不够宽裕的情况下，孩子当然要排在比老人更优先的位置。我们一般认为，现代社会中代际关系的修复往往取决于家庭社会化实现的程度，但是《喜盈门》给出的却是一个与社会化方向背道而驰的消极方案，同时又在农村社会中引发了积极的回应，其中诸多问题颇耐人寻味。

二、"讲不圆"的故事："重返道德共同体"的限度

总体而言，新时期电影的"革命性"贡献是"去革命化"（阶级化）的叙事策略，《喜盈门》的叙事模式也大致如此，但这只是表面现象，我认为《喜盈门》在一定程度上是对《花好月圆》（赵树理《三里湾》改编）的回归，二者相近之处是均将斗争故事喜剧化，民间社会的深层文化结构吸收了斗争的残酷性，"大团圆"式的和谐伦理最后作为极限原则支撑着政治修辞的话语运作。电影虽然并不是政治改造路径的直接替代，

但《喜盈门》的成功之处仍然是最大限度地开发了电影美学的潜力,在一个充满道德暗示的语境中创造梦魇、现实、理想相互映照的镜像世界和"惩罚性"的治疗过程:这几乎可以置换革命故事中的斗争时刻和危机图景,农民观众也完全有能力在这个镜像世界中自行辨析并选择适应性的道德位置。编剧辛显令曾经引述过一位农村老汉的看法:在看电影的时候,如果注意一下周围的小媳妇、小伙子,那些害羞、低头的往往是不太孝顺的,而哈哈大笑的是比较孝顺老人的[1],可见电影已经深深嵌入农村生活的结构、显示了非同一般的舆论功能和道德指示能力,它从根本上受到民间善恶判断的制约。那个时候农民对于婆媳矛盾、家庭纠纷也没有更好的解决办法,而电影则为他们提供了一个理想性的范本和舆论工具,很多上了年纪的农民就顺势把电影中的现成材料拿来教育年轻人。《喜盈门》既是生活的,也是艺术的,在一个特定的时空场域内,艺术可以暂时地成为生活并重构了生活本身。

导致强英完成"自我救赎"的力量到底是什么呢?其实就是一场"梦"——梦是强英的无意识,是超出个体意识决断的一种群体能力的遗传,换句话说,是隐匿的群体性帮助强英实现了自我救赎,它具有道德教谕潜能和社会矫正意义。我们看到影片展现了一种农村特有的公共舆论模式——聚拢在强英娘家周围"看热闹"的村民承担了真正

---

[1] 孙献韬、李多钰.《中国电影百年(下)》[M]. 中国广播电视出版社 2006 年 1 月第 1 版,第 61 页。

的道德裁断者的角色，老爷爷在暴风雨中不断跌倒的过程则强化了道德批判的情感渲染，这直接转化为乡间舆论的评判和惩罚依据。赵树理的小说中也经常出现类似的、自发的裁断场合，这种舆论环境发出的是集体的、匿名的声音，并且掌握着特定群体的伦理尺度和共同体边界。民间的善恶裁断有着神道信仰的基础，强英坠落地狱的恐惧感受呈现了神魔结构的深层力量，电闪雷鸣的暴风雨场景铺展开道德考验的仪式，对强英的"斗争"在无意识层面悄然完成，既然感受是恐惧的，那么对强英而言就不可能只是救赎，而还有惩罚；强英关于"其乐怡怡"的家庭生活的理想想象其实也是对其进行"惩罚性"治疗的有机部分，这种理想图景恰恰是在强英意识到即将被群体所抛弃的前提下发挥出了更大的召唤作用，它完全也可以被看作一种在道德共同体排斥机制下主人公恐惧心理的扭曲投射。

显然，影片是通过一种取消矛盾的方式解决了矛盾，也就是说，真正的社会矛盾并没有解决，只是承当这些矛盾的个体被"治疗"好了，如果道德的作用是惩罚出轨的个体，那么这种故事也可以以哈姆雷特式悲剧进行展演，但是在乡土中国的文化土壤里，个体仍然是很难成立的，取消矛盾也就是取消个体及其欲求，因此我们没有西方那种个体与命运抗争式的悲剧故事。乡村观众只会在"爷爷"的遭遇中体会出"悲剧"意味，而对强英的斗争则是在笑声中完成的——"反面"人物强英被赋予了小丑式的滑稽色彩，这也意味着观众作为匿名性群体和强制力量参与了强英的治疗过程，强英最终悔过自新、重回和睦家庭的喜剧式结尾,显示了受到深层文化结构制约的道德律令和群体性调和机制在克服家庭与乡里矛盾中的奇异作用。

实际上,《喜盈门》不是取消了人间斗争,而是部分延续了世俗性的矛盾逻辑,只不过不再宣称斗争的绝对化,德性维度似乎再次超越了阶级性。恰恰与"分田到户"的去集体化叙事相反,《喜盈门》在家庭矛盾的道德化解决这样的表面文章背后,隐藏了一种更宏大的政策性意图,即试图将"脱域"的农民重新嵌入现代国家动员结构和道德共同体,这个过程中必然面临变革带来的离散化与强行维持总体性秩序之间的悖论。在"家国同构"的基础想象模式中,影片中多次出现"四化"建设远景、美好生活想象和隐匿的群体性强制都是这种努力的体现:一方面是把农民的家庭生活理想与"四化"建设尽力统一;一方面是将"良心-情理-国法"建立一致性关联,以此重建农民个体的内在道德律令。这两方面都要求农民在实现私人利益的同时要承担起"应尽的"义务——包括对国家的贡献和传统家庭内部的赡养扶助等义务。对于前者而言,可以通过"联产承包责任制"的土地租借权利的界定来交换对应的纳粮义务;不过对于后者,也就是集中呈现在影片中的矛盾焦点——赡养老人的义务而言,只是按照农民的思考习惯涉及了道德习俗的层次。

吊诡之处在于,对于所有的难题,我们总是习惯用道德的方式去解决,道德能量被过度使用、被透支,反倒掩盖了其他问题。其实强英并不是导致家庭矛盾的唯一因素,表现在"强英"身上的集体责任感缺失、"顾小家舍大家"的"自私"倾向,以及那种强烈的竞争与利益攫取心态等等都不是简单的家庭内部问题或个人品行的问题,而还涉及规则缺失和伦理失范。强英现象的出现是由诸多深层次的矛盾造成的,更大的冲突呈现在急剧变动的生产组织、利益结构、家庭模式与滞后的社会调节机制之间。随着改革以来利益结构的逐步分化,社会必然要求多样性的调节手段,但是相对于当时的城镇职工退休制度和后来逐渐形成的基本养老保险方式,农村在很长时间里缺乏社会保障及相关福利制度,在倾斜的利益结构中,不平等的前提并无法要求无差别的义务。很多人主张在法理框架内理解和解决农村赡养问题,一则用国家强制形式硬性要求农民承担赡养责任,二则用继承权规定赡养义务,这都是很懒惰和不切实际的作法。前者的毛病很容易看清,尽管影片中生产队队长这个角色拿出了《婚姻法》条款来告诫强英必须承担赡养老人的义务,但是这种告诫至多是在国家权威的不对称意义上向农民个体产生威吓作用,而在根本上缺乏清晰、适当的法理尺度;即以权责互易原则论之,农民承担赡养义务唯一可依凭的"现代"权责逻辑是子女对老人的土地承包权和原有大家庭财产的继承——但是非常普遍的情况是,经过二十多年集体化改造的老一辈农民一般不可能有太多可资后代继承的财产,而且过度的体力劳作往往加剧农民的衰老化,尤其在老人患病或丧失劳动能力的情况下,赡养即意味着沉重的负担:既要劳神劳力身前伺候,又要支付不小的医药开支——强英不愿意选择赡养婆婆就是很好的例子,在1980年代初期,普通的农村家庭最多是维持基本的温饱水平,"上有老下有小"的家庭状况必然会严重影响到生活水平的改善,因此,我们在思考农村赡养老人的问题时必须充分考虑农村经济水平、区别性政策体制、家庭成员构成等复杂条件,也正是在这个意义上可以说,"家庭养老"主要是针对农村提出的义务强制,是社会养老资源极端匮乏前提下的被动性应对方式。

三、代际关系的未来:我们如何共同生存?

《喜盈门》之所以行之未远,是因为"他律的道德"[1]不可能最终替代"上天"成为普遍原则,问题也许不完全在于"他律",而是不再有天理式的权威。《喜盈门》隐约折射出新时期总体性社会溃散的重要征象,电影中的婆媳矛盾和家庭纠纷实际上隐喻了一场更为深刻的危机:面对社会转型期复杂的农村矛盾,组织、权威、法律以及传统道德理想都明显缺乏调节的效力,而也正是在这个意义上,我们把涉及道德、法理和利益分配的困境看作是新时期潜隐在农村社会甚至更广泛范围内的整体性危机。确立此命题并不意味着"改革开放"之前的农

---

[1] 所谓"他律的道德",并不是建立在充分自觉基础上的道德判断,而是源于外部压力如舆论、面子、利益等等的被动利他行为,但是往往以"道德"话语出现,具有强迫性和表演性。这种道德行为方式最初形成于熟人社会,进入现代传播社会之后,会衍变为媒介轴心的、泛舆论化的道德裁断机制,如在广东"小悦悦"事件中,我们会发现行为者在电视镜头前与隐匿场合的表现有着巨大差异,这就是公共媒介介入的结果。当前社会仍然是"他律的道德"占据主流,如官方施行的百万孝子计划、以法律形式的规定探亲次数等等。以异化形式维护道德,不仅适得其反,更彰显道德之不在。

村不存在伦理的紧张,只不过我们的问题更指向"改革开放"之后农村利益格局、伦理规范和社会秩序的调整,在这样的历史时期和问题语境中,"阶级问题"为生活领域的矛盾所取代,整体性的社会对抗转变为实践领域中各种异质性话语[1]之间的竞争,代际关系的重建也必然超越传统家庭道德的私域限定而具有政治实践的意义——"危机"本身既关联到不公平的社会条件和阶层区隔,同时也受制于转型社会价值构建的缺失以及精神内涵的贫乏。重新回顾《喜盈门》不仅有助于从内部视角理解基层社会问题的复杂性,更有助于检视新时期变革话语及制度实践的限度和误区。以《喜盈门》的故事来透视新时期的整体性问题,并非顽固地将整个中国仍然定义为乡土社会,而是关注脆弱的社会基础,关注社会变革中那些率先被遗弃的领域,以及社会风险与代价的易感人群——老年农民的赡养问题首当其冲。与危机相关联的这些问题并不专属于农民,但对农民来说则更为纠缠和沉重,相对于现代经济模式,我们并不能只要求农民维持道德习俗而不提供更加公平、合理的社会保障制度,如果仅在道德层面苛责农民不尽赡养义务,可能隐含着道德义务的偏狭化、专属化倾向。在充分肯定新时期社会变革积极性的同时,现在需要意识到离散化社会中群体伦理重建的迫切性,以及农村家庭的社会化程度的严重缺失,但是很

---

[1] 特定的道德形式最后也仅能作为一种竞争性话语出现,但是我们应该清醒地意识到,在任何世俗社会形态中,道德话语都不可能真正具有"竞争力",因为道德的作用只应该表现在"无能"的领域,相反,占据霸权位置的道德形式可能在本质上是不道德的。

明显，我们无法再以保守主义的方式重建家族本位、恢复以理制欲的宗法传统，或者依旧借重旧有的权威体系解决所有问题，回应与重建的路径必须是全方位的，也就是说，公共性和"普遍的善"并非完全是农民的自发产物，它还需要广泛的社会文化和公共力量的有效参与，代际正义须是现代性价值对于传统危机超克的结果。

首先，重建道德的普遍伦理基础，需要整体性概念，而不是将农村问题辖域化、继续把农村及其家庭形态作为一个特殊的领域来区别对待。《喜盈门》试图通过对强英的"斗争/惩戒"而达致家庭的"圆满"，呈现了一种封闭化、内向化的倾向，因而影片在隐含的总体化意图与家庭矛盾处理方式之间存在着悬而未决的矛盾，当然，社会的总体化并不必然要取消家庭，问题在于，如果我们把家庭作为吸纳、消化社会矛盾的主要机构，把赡养等责任仅局限于家庭内部，而放弃社会职能对家庭事务的分担，那么就没有充分的资格要求家庭承担更多的公共责任，这就必然导致家庭与社会的分离，作为私域的家庭与公共性社会要求之间本质上就会是对立的。事实上《喜盈门》回避了农村更为严峻的问题，即丧失劳动能力的老人该如何赡养？如果在赡养中耗费太多精力，就会影响到日常劳动和家庭收入，随着农村变革的深化，对农民个体劳动技能和工作时间的要求会不断升高，在这个背景下，赡养问题到1990年代以后越发严重，因此，渲染家庭养老的道德化色彩是一种局限性的做法，社会化养老是基本趋势，家庭层面只能承担部分赡养责任，尤其是情感投入。

从社会一体化角度而言，农村赡养问题之所以"看起来"比较"严重"，是基于城乡不平等的二元构造，即政府在农村地区的社会公共服务方面欠账太多，整个社会对农民自行解决"自家"问题的做法习以为常，在农民没有能力解决"自家"问题的情况下，这些处在社会最底层的人又很容易被视为是"不道德"的，这种整体的社会状态有些荒诞，因为社会资源不平衡的问题被替换成了武断的道德判断，农民在经济和人格方面受到了双重剥削。与社会化养老相适应，是城乡公共服务的均等化要求，现在农村也在推行各种社会保障措施，但受地方财政的限制很大，乡土社会原本如《喜盈门》故事那样具有赡养的群体道德基础，却因公共职能的缺位而被过早地透支掉了，这种伦理基础的伤害很难在短时间内得到弥合。其次，强大的市场竞争法则对普遍伦理基础构成了致命消解，重建社会依存性需要转向互助（互惠）伦理。强英的出现是一个革命性的事件，新时期变革的直接后果是强英这种缺乏自律性的强势个体的普遍化。竞争往往给人一种公平的幻觉，但割断历史与社会关系的竞争本身不可能具备充分的正当性，因为我们无法假设基于不平等条件的竞争能达致平等，"唯竞争论"是"成本—收益"模式算计下欲望与效率的体现，假使没有任何道德传统的残余力量，或者超越性的价值观，我们无论如何都无法期待现代主体仅仅依赖智力、本能、意愿就可以自然地生产出公共性与美德。在《喜盈门》的故事中，一元式的政治权威渐行失效（单位再也管不了家务事），而家族权威和地方权威已先于此被摧毁，"爷爷"和"婆婆"不仅不再具有威严，甚至变成了家庭的"累赘"，这极具讽刺性，"累赘"是一种竞争性伦理算计的结果，它不但不会承认家长的权威，连代际更替中所包含的代际互惠习惯也取消了，明显地，在竞争性伦理的驱动下，也必然催生大量"唯利是图"的婚姻结合方式和再生产方式，而那种必须承担大量义务和连带制约的大家庭注定会解体，这种社会化趋势是不可逆的，问题的重点不在于大家庭解体，而在于代际关系的恶质化趋向，农村社会大量出现的老人自杀现象基本上就是这种趋势的反映。

因此，《喜盈门》反倒是给出了一个不算坏的解决出路，不坏之处在于：扩张的占有性主体实现了自我克制，而利他性的道德能量主要来自于我们群体性的无意识深层，这是一种基于主体本质构造的群体道德可能性。无论在制度性层面还是经验层面——尽管《喜盈门》的道德化解决方案是消极的，但恰恰构成了农民实现自身文化调适、应对危机困境的"最后的堡垒"（或称道德底线）。用齐格蒙特·鲍曼的话来说，在一种普遍的意义上，我们注定或本质是一种道德存在，处于"相依"(being-for)的状态之中，道德行为是一种超越任何社会形态的根本性存在。道德化解决方案尽管不完美，但它仍然是其他方案均失效之后的替代性方案，德性必须（同时也应该能够）作为一种极限原则来施行，除非我们真的可以脱离开他人而生活。但这并不是"走回头路"，因为之前我们已经在道德化解决方案中剥离了"他律的道德"——以惩罚和排斥进行道德强制的做法在本质上可能是不道德的，也无助于唤起主体的道德自觉；另一方面，作为一种正向道德示范,二媳妇水莲作为(勤劳、温顺、自我牺牲、顾大局)似乎暗示了道德化方案的正确方向,但是我认为这个形象的社会根基并不牢靠,因为单纯依靠"忍让"和"自我牺牲"(虽然意图是感化),并无助于构建良性的交互伦理。综合以上,我们需要处理的难题是,既不能够以外在的异化形式强迫个体作出道德行为,也不可能以局部的忍让来放纵他者的欲望,在两者之间,除了不屈不挠的斗争(同时也是竞争),可能的路径是:要么彼此分离、互无交集;要么创造一种彼此相容的形式。德性生活的一般形式必须排除赢者通吃的丛林法则,共同生存既是人的前提,也是目的,这是德性内在于人自身的必然要求,因此,构成强英自我救赎的梦还不能只被视为外在强迫,而是一种群体性的遗传能力,它超出了智能主体的"理性"选择,在无意识深层传达出相依性倾向。我们早晚会意识到,相依性是一种命定的存在,互助(互惠)关系是普遍持存的最大可能。

再次,我们必须思考如何处理相异性问题。因为只讲相依性有抹平个体差异的嫌疑,它缺乏实践的维度,取消一切差异的绝对平等尽管看起来很诱人,但几乎是不可能的,相依性需要兼容相异性,这并不意味着要赞成和维持凝固化的等级关系,而是承认达致平等的条件的差异,越是承认这种差异,越有助于理解我们的理想目标和实践形式。针对"共同生存"的问题,阿兰·图海纳既拒绝了理性的普遍主义,更不赞成具有强制意图的社群主义,在一个不断加剧离散化的社会形态中,他认为个人主体是最终意义上的行动者,共同生存的方案也必须据此提出。当然,在共同生存这一点上——无论是全球主义式的还是地方主义式的,都需要严肃地面对,但我们发现相比较新时期的问题要求,欧洲大陆的图海纳将希望放在了个人主体身上,这种答案似乎与我们背道而驰,我们暂时还无法共享一个问题,因为我们面对的更为棘手的对象却是那种疯狂攫取和纯粹自利的自我(或称"纯粹占有式主体"),当前中国社会面临的主要难题是一方面过度倚重功利主义的经济发展而忽视了传统道德及习惯在维护生活结构稳定、提供生活价值方面的无形作用;另一方面,在思想领域片面强调个体自由和非历史化、去政治化的"私人生活"而导致社会离散化,公共价值严重缺位。而图海纳对理性普遍主义的批判并没有消除他的理论中所带有的主体范式的印记,真正的范式转移应是确保既不回到旧的等级伦理秩序使个体完全湮没,也不是维持主体的神话,而是还原主体的社会构成性和实践性,剥离那些被认为是专属于主体的"自然性"并将其重新纳入伦理—社会化的实践形式。

戴厚英的青年史书写

　　戴厚英的《人啊,人!》发表于 1980 年 11 月,这是一部具有重要历史标识意义的长篇小说。在以往的研究中,戴厚英的这部作品因为聚焦个体在文革中的创伤性记忆,而被认为属于"伤痕文学",研究的主要观点也多集中在其号召人性复归的指向性作用,本文将更多聚焦戴厚英笔下的青年与历史,将其放置在现代启蒙思想的演进过程中,探究青年问题的思想动力及其文化史意义。

　　近代以来,青年问题一直是社会改造思想的关注核心。从早前梁启超的《少年中国说》到"五四"时期《青年杂志》的"敬告青年",青年被赋予了社会进步的重要想象,青年性即等同于未来性,成为伦理革命强大的理论前提,从更为深刻的层次上来说,这也是现代性时间在生命质量和代际关系上的价值投射,这是一种由生物性更新悄然替换为社会进化的历史逻辑:"青年之于社会犹新鲜活泼细胞之在人身,新陈代谢陈腐朽败者无时不在天然淘汰之途。与新鲜活泼者以空间之位置及时间之生命,人身遵新陈代谢之道则健康,陈腐朽败之充塞细胞人身则人身死。社会遵新陈代谢之道则隆盛,陈腐朽败之分子充塞社会则社会亡"[1]。这种史观笼罩下的青年想象在现代文化中具有强大的支配性,并在后来演变为青年主体的激进化动员,相对于这样的历史背景,戴厚英对青年的书写和审视则混合了更多的矛盾和畸变,青年问题此时召唤出了更多的"问题青年",而对于1980年代问题青年的思考则开启了此后40年的思想论辩和新的历史实践。

一、从"五四"青年到社会主义青年

戴厚英在《人啊,人!》中塑造了两位经典的青年形象——孙悦和何荆夫。孙悦与"潘晓"有非常大的相似性,少年时代的孙悦是一个有理想、有抱负的女孩,喜欢18、19世纪的外国文学,并深受人道主义的

---

[1] 陈独秀:《敬告青年》,1915年9月15日《青年杂志》第1卷第1号。

影响。一直以来,她对政治都很积极,是一个坚定的马克思主义者。正因为这种狂热,婚后她因与丈夫赵振环两地分居而被抛弃,独自带着女儿孙憾生活。工作中,孙悦非常支持领导奚流的工作,把奚流当作是党的化身以及楷模,以至于奚流遭到批斗时,孙悦也被扣上了"C城大学党委书记的姘头"这个帽子。但是当奚流与女秘书陈玉立的私情公之于众后,她内心的政治信仰开始发生了坍塌,由此,孙悦陷入一种强烈自我怀疑,由此展开了对于自我以及人性的思考。孙悦是戴厚英塑造的一个较为成功的青年形象,其所表现出的忏悔意识和更为自觉的反省态度难能可贵。孙悦认为,一系列历史错误的发生不仅源于当时的政治环境,也有每个人自身的因素,她为自己曾经的天真、幼稚而感到羞愧与内疚。从这个意义上来说,戴厚英的这部作品表现出强烈的理性色彩,它不仅仅是一种简单的创伤记忆的展示,更是通过对青年自身的剖析与审视来反思、总结历史教训。正是这种反思性使得她的作品超越了当时普遍的"情感宣泄"式的伤痕书写,似乎更为接近"反思文学"的范畴。何荆夫是戴厚英塑造的理想青年形象,是孙悦后来的精神信仰。1957年,何荆夫因为贴出大字报《希望奚流同志多一点人情味》而被划为右派、开除学籍,漂泊农村生活。1962年,学校通知他复学,但他为了要弄清楚"马克思主义者应该怎样对待人和人的感情"而选择流浪,开始了漫长的社会大学之旅,陪伴他的是《红楼梦》和《马克思恩格斯选集》。在这种"远行"的过程中,他成了一个"黑人",与正常的社会生活完全脱离了关系,没有户口、没有油粮关系,没有亲戚探望、没有书信来往，周围的人也对他一无所知。粉碎"四人帮"后，何荆夫的问题得到澄清，他重新回到了C城大学中文系。回到C城后，何荆夫与许恒忠之间有一场对话，许恒忠感叹历史的无常，"全部历史可以用四个字概括：颠来倒去。过去我颠倒别人，如今我被别人颠倒"，因此觉得自己已经"看透"了生活；[1]但是何荆夫认为历史再怎么发展，人必须有情、有亲、有爱、有恨，"生活对我们可能不公正，可是我们对自己必须公正"，[2]尽管如此，在经历过一场场运动的冲击之后，这个问题已经被严峻地提出来，就像何荆夫在同学会上的感慨：年轻的时候谈起理想来总是兴高采烈、神采飞扬，可是现在却神情黯淡，"是理想贬值了，还是我们自己贬值了？"[3]许恒忠代表了一个普遍的转向，就是从理想主义者蜕变为了现实主义(犬儒主义)者。

发生于1980年5月《中国青年》上的"潘晓来信"在全国上下引起了轩然大波，一场持续了半年多时间的全国范围内的"潘晓讨论——人为什么要活着"就此引发，共有6万多人来信参与讨论，这个事件后来被称之为"整整一代中国青年的精神初恋"。信中的潘晓是一个23岁的青年人，可以说人生才刚刚开始，但是却过早陷入了一种对未来的绝望。究其原因，与她所经历的"文革"岁月有关，"反顾我走过来的路，是一段由紫红到灰白的历程；一段由希望到失望、绝望的历程；一

---

[1] 戴厚英：《人啊，人!》，花城出版社，1980年11月第1版，第37页。
[2] 同上，第48页。
[3] 同上，第198页。

段思想的长河起于无私的源头而最终以自我为归宿的历程。"〔1〕在此过程中,一开始她对党和国家充满信心,愿意为共产主义事业奉献终身。然而,"文革"中的抄家、武斗、草菅人命,身边人谨小慎微、爱情的失落,都与之前潘晓所接受的"人生意义"相悖,她感到深深的迷惘与矛盾。之后,她大量阅读,从社会达尔文主义中获得启示,看透了人生,萌发出写作的欲望。从集体性的革命狂热中回到自身、肯定个人自私(小我)的动机是潘晓讨论中一个鲜明的指向,也可以视为由社会主义青年回归到"五四"青年的一种历史姿态,潘晓在信中说,"自己知道,我想写东西不是为了什么给人民做贡献,什么为了四化。我是为了自我,为了自我个性的需要。我不甘心社会把我看成一个无足轻重的人,我要用我的作品来表明我的存在。我拼命地抓住这惟一的精神支柱,就像在要把我吞没的大海里死死抓住一叶小舟。"〔2〕"写作"也仅仅是属于个人的工具,是一种用来探寻人生的意义的实践。

但事实上,潘晓既不属于典型的社会主义青年,也不属于真正的"五四"青年,而是具有混合特征和矛盾性的问题青年,真正的"五四"青年,恰恰是不缺乏家国情怀和民族危机意识的一代,郁达夫笔下的病态书写其实也是一种伦理革命与民族境遇交织的普遍征候。"潘晓来信"发表之后,能够在短时间内引起整个社会的广泛共鸣,可以说明

---

〔1〕潘晓:《人生的路呵,怎么越走越窄?》,《中国青年》,1980年第5期。
〔2〕同上。

"潘晓"的困惑和矛盾实际上代表的也是当时社会中普遍存在的一种情绪和心理。当时从"文革"中走出来的一代青年人,无论是红卫兵还是受害者,其实都对这场社会动荡有过自己的疑惑与震惊,在经历过一场场运动之后,理想和激情幻灭,很多人退回功利性的个人生活、选择明哲保身。但对于何荆夫来说,无论生活多么残酷,"心一刻也不曾平静",仍然愿意去爱、去恨,从不愿妥协。实际上,在何荆夫这个青年人身上,表现的是中国知识分子特有的的坚忍、冷静、厚重和富有理想。他既敢于挑战政治权威,为心中的正义呐喊;又能积极原谅、勇敢接纳同学许恒忠曾经的过错,并鼓励孙憾和爸爸赵振环和解。他写《马克思主义与人道主义》,也是希望在铺天盖地的扭曲斗争之后,世人能够重拾已经沦丧的正义、良心、道德与人性。何荆夫因此也不同于潘晓,在他身上仍然还保留着社会主义知识青年的理想性而不是完全回到一个私有性个体。

二、诗人和人:人道主义新辨

何荆夫在"大半个"中国流浪的所见所遇,全部是人道主义的讨伐对象,他一直在思考着人道主义的问题,"一颗受到歪曲和伤害的心,怎样才不至于失去血气、停止跳动"——只能回到人民中去、到劳动中去、到母亲的怀抱里去:"我觉得,光用'社会关系的总和'去解释人的本质是不够的。承认人的自然属性(生理的、动物的)也是人性的一部分,并且对人类生活有影响,这并不是为了降低人,而恰恰是要提高人,要我们自觉地去克服自己身上的动物性",[1]在何荆夫的观念里,这种动物性也包括各种运动中以堂而皇之的名义在人与人之间展开的残酷斗争,同时,这种对于"人"的呼唤以及主体性的思索的确也可以追溯到"五四"新文学和那个启蒙时代。周作人在《人的文学》(1918)中,也是用兽性和神性来重组人性的观察,强调人是"从动物进化来的",一方面要承认人的生物性基础,另一方面还要追求那种超越性,人性就是在这个实践性过程中发生和形成的。虽然周作人还不具有何荆夫所面对的类似"社会关系总和"的理论背景和历史语境,但是仍然为这样一个新生的个体提出了一个伦理性命题,即个体如何处理他/她与其所在的世界的关系,周作人的理想方案是"个人主义的人间本位主义",也就是"五四"新文学人道主义的基本构成形式,这种人道主义既不是一般所误解的单纯具有内在化取向的个人主义,也不是悲天悯人式的关怀救济,而是伴随着世界性的无政府主义思潮出现的乌托邦社会模式,它直接的反思对象正是在"一战"后广受批判的社会达尔文主义,所诉诸的社会理想是和平、互助、劳动和创造。"诗人之死"对于戴厚英意味着一个新生的时刻,它既标志着那个集体迷狂的历史时期的终结,也象征着经历晦暗的精神时刻之后历史主体的回归。戴厚英在《人啊,人!》的后记中提到,"前年,我写了第一部长篇小说《诗

---

[1] 戴厚英:《人啊,人!》,花城出版社,1980年11月第1版,第50页。

人之死》,今年写了这部《人啊,人!》,这两部小说的共同主题是'人'。我写人的血迹和泪痕,写被扭曲了的灵魂的痛苦的呻吟,写在黑暗中爆出的心灵的火花。我大声疾呼'魂归来兮',无限欣喜地记录人性的复苏。""一个大写的文字迅速地推移到我的眼前:'人'!一支久已被唾弃、遗忘的歌曲冲出了我的喉咙:人性、人情、人道主义!"〔1〕由此可见,创作主体要竭力呼唤一种在阶级斗争中丢失了的自觉、自尊和自信。然而,人道主义、人性论等等戴厚英在创作中反复宣扬、提倡的理念,都是她之前所大肆批判的某些东西,是她之前所竭力"克制和改造的'人情味'"。〔2〕戴厚英对知识青年的塑造基本采用的是通过现在的"我"的回忆来讲述曾经的"我"的故事,与不同时期的"我"产生对话,以此来建立新的主体意识,这种历史与现实的交叉过程,是将个人的经历和国家民族的经历纠缠在一起,通过这种前后对比的叙事模式,不同时期的"我"势必会引起现在的"我"以批判性自觉,"我"产生了对痛苦和坎坷命运的思考,从而显示出主体意识的成长。

何荆夫说,自己所致力于思考和不停追问的不是"资产阶级人道主义",而仍然是"马克思主义人道主义","要彻底解放全人类","不但把人从阶级剥削和压迫中解放出来,而且从形形色色的精神桎梏中解放出来,从迷信中解放出来,从盲从中解放出来,并且越来越多地摆脱动物性",他"反对把阶级斗争当作目的,反对夸大社会主义社会的阶

---

〔1〕 戴厚英:《人啊,人!》,花城出版社,1980年11月第1版,第353页。
〔2〕 同上,第351页。

级斗争,导致对人民群众的伤害和分裂",他"认为社会主义社会应有更广泛的民主、自由和平等。要求不但从物质上而且从精神上把每一个公民当作人,尊重他们的权利和个性"。[1] 在《人啊,人!》中,知识青年所关注的问题,如理想与现实、个人与集体、历史与未来、原因与教训等等,不仅是青年自身的问题,也是关乎整个时代的宏大命题,与当时的历史进程是息息相关的。在这些问题中,信仰问题以及人性问题贯穿始终,是戴厚英所着重表现的主题。与一般的伤痕写作不同的是,作者并没有将这一切伤痕的制造者归结为"四人帮",而是回溯了建国以来的一系列左倾错误,并将原因归结为对于"人"的不尊重以及"人性"的漠视。因此,真正的知识分子,应该从"人"的角度出发,以人性为起点去思考历史、人生、社会与现实。何荆夫就是这样的典型,他是以一个积极抗争、不断求索的启蒙者形象出现的。他通过"流浪"的方式,经历诸多磨难,思考出了个人与集体、国家之间的关系,由此感慨对"人"的尊重的必要性,以及人性的可贵。他是这一代青年人的信仰之光,也成为了孙悦新的精神信念的来源,孙悦就是在何荆夫的不断启蒙中走向理想主体的更新的。

由此发现,作者所致力于书写和表现的更多还是富有时代特色的"大写的人",这种"人道主义"观念超越了机械的阶级斗争论,将人放置于主体创生和普遍的伦理关系中,更强调人性中爱、自尊和自觉,以

---

[1] 戴厚英:《人啊,人!》,花城出版社,1980年11月第1版,第282、288页。

及独立思考批判的能力,它并没有取消人与人普遍的联系,但是对集体幻觉保持了足够的反思和警惕。实际上,由于当时深受历史环境的影响,八十年代的知识分子在书写"文革"这段历史时,也或多或少扮演着社会代言人的角色,他们在书写中也自觉将自己放置于一个启蒙者的身份,通过不断修正自我,激活自身的主体意识,向读者提供一种重新认识与理解此前历史的途径。这样的"反思"尽管还无法完全摆脱特定时期意识形态的局限,但相对于退回自身和工具化政治取向,无疑仍然具有开放性的进步意义,何荆夫这样一个理想的青年出现,可以说展现了戴厚英宏大的家国情怀。戴厚英曾说道:"作为一个中国的知识分子,我一生也未能摆脱忧国忧民的情怀和以天下为己任的雄心。"[1]孙悦对于何荆夫的支持以及崇敬,表明了孙悦、或者说戴厚英,始终还是一个乐观的理想主义者,尽管生活已经让她们遍体鳞伤,已经让她们踌躇不前,但是她们却常对生活怀抱期望和深情,坚定地相信未来。像孙悦的好友李宜宁则与何荆夫形成鲜明对比,她最后成为一个不问政治的政治老师。她经历了一个由集体走向个人的转变,只专心于自己的小日子,而不问历史的来处和去向。值得注意的是,在一个缺乏特定标准的评价体系中,知识青年只是社会中的一个"人",像孙悦、奚流、许恒忠、赵振环、李宜宁等人都是依附于一种政治文化体系中来获得身份认同。何荆夫则不同,他曾经的流浪岁月使其

---

[1] 戴厚英:《性格　命运　我的故事》,太白文艺出版社,1994年,第185页。

以一个"流浪汉"身份出现在大众视野面前,戴厚英希望何荆夫是个例外,希望他能够以这样的一种游离于意识形态权威之外的"局外人"身份,不受到政治浪潮的箝制,努力成为觉醒、独立和具有行动能力的充盈个体,竭力发出自身的呼喊,从这个意义上来说,这恰恰体现了戴厚英作为知识分子的社会使命以及历史意识。

三、"后历史"之后的青年史书写

中国知识分子的 1980 年代也是全球"后冷战"历史的一个部分,随着东欧剧变的发生,按照弗朗西斯·福山(Francis Fukuyama)的观点,"大历史(普遍史)"[1]已经实现了它的目标和使命。也正是因为有"历史的终结(End of History)"才有了与之关联的"最后的人"(Last Man)[2]以及"后人类"和"后历史"。所谓"最后的人"这一概念,可以追溯到尼采在《查拉图斯特拉如是说》中提出的"超人"和"末人"的对立,福山说,"这一概念所指的是在历史的终结之时出现的一种温顺无情感的人。他们没有胸膛的原因在于他们没有荣誉感,而且那种无助

---

[1] 对福山而言,所谓的历史,不是指通常所说的过去的事情,而是指"人类活动洪流中体现的有意义的秩序",作为一位黑格尔主义者,他认为就是普遍主义的历史。而"历史的终结"亦即意味着自由、平等、民主、尊严的"承认的政治(recognition)"在全球的实现,资本主义自由民主制度似乎已成为全人类最具普遍性的政治形式。
[2] 该书全名为《历史的终结与最后的人》(*The End of History and the Last Man*),原著1992 年出版,2014 年由广西师范大学出版社在国内翻译出版。

感也会引发对现代世界的反抗",[1]他承认现代民主社会具有一个根本性的缺陷在于未能解决Thumos(精神)问题,因此,历史的"终结"成了悬疑,自由资本主义甚至制造了大量混合着欲望和理性的"末人"(在当代中国的语境中它可以被替换为更流行的命名"精致的利己主义者"),如何克服这一难题,是对所谓"普遍史"的有限性提出的尖锐诘问。

面对历史,赵振环"一直像一个旁观者那样看着、跟着,好像一块无棱无角的石头,随着泥沙流淌,从不想自己选择一个停留的地方",[2]赵振环的颓废根源于对此前过错的负罪感;许恒忠在政治上的浮沉则导致了幻灭与无常之感;而游若水则通过一次次的政治投机仿佛"如鱼得水":"用针戳,戳不出一点血;用刀割,割不下一片肉。一个人能'修养'成这样,真是很不容易的","从游若水的身上,似乎看到了通往'至人'的途径:冷血"。[3] 这个"至人"形象充满了反讽,游若水大谈特谈的"至人无己,神人无功,圣人无名"(庄子)信条,不过是精于算计、丧失内在情感和价值追求的驯化之人,他/她因启蒙而生,但又全然背离了启蒙;他/她没有奴隶之名,却以俗世的胜利诠释了"至

---

[1] The latter of course was a reference to Nietzsche's men without chests that is the docile passionless individuals who emerged at the end of History. They had no chests because they has no pride and that very passionlessness was what would drive a revolt against the modern world.
[2] 戴厚英:《人啊,人!》,花城出版社,1980年11月第1版,第217页。
[3] 同上,第301页。

人"实际上就是历史反转后的"末人"。可以说,在赵振环、许恒忠和游若水身上,我们的确看到了"历史的终结":

历史是一个刁钻古怪的家伙,常常在夜间对我进行突然袭击。我的头发白了。(赵振环)

全部历史可以用四个字概括:颠来倒去。过去我颠倒别人,如今我被别人颠倒。我算看透了。(许恒忠)

奚流则更富有戏剧性,他对历史的认知是遭受了历史的背叛,"历史还是揪住我不放,给了我一个叛逆的儿子。我毫无办法!"

由此我们发现,赵振环、许恒忠、奚流或多或少表达了历史的不满,在今天的语境里,所谓"后历史"就是解构历史、虚无历史,这是"伤痕"的后遗症,反乌托邦(Dystopia)则是"后历史"的一种表征形式,它意味着理想性和未来性已经丧失了召唤力,变得面目可疑,人于是更加自私和具有占有性。与此不同,何荆夫、孙悦面对历史的废墟,仍然选择相信未来、相信人的信念和正义的力量,这是《人啊,人!》的魂魄所在,"我珍藏历史,为的是把它交付未来。我正走向未来,但路还远"(何荆夫)。[1]

闻捷的死亡不但是戴厚英"在文革中命运的根本转折,也是整个生命的转折",[2]至此"天真幼稚的戴厚英死去了",她的"头脑和心灵

---

[1] 戴厚英:《人啊,人!》,花城出版社,1980年11月第1版,第24页。
[2] 戴厚英:《性格 命运 我的故事》,太白文艺出版社,1994年版,第148页。

都变得复杂起来",[1]戴厚英后来提到创作意图时也谈到:我要像苏联早期作家阿·托尔斯泰一样,写出中国知识分子的"苦难的历程",也是三部曲:第一部是《诗人之死》,写知识分子在文革中付出的惨痛代价;第二部则写他们的抗争;第三部便是"新长征的路上"。但这只是说说而已,教书的工作,长期从事理论研究的惯性,都会让我轻而易举地半途而废。但是受阻,却给了我一股动力,我偏不服气,偏要争出一个是非曲直不可。而且,更为重要的是,这一段受阻的经历让我幼稚浮躁的心性受到了难得的磨练,我真正潜入了生活的底层,看到了原来不曾看到的东西,那就是:"现实和历史共有着一个肚皮"!历史在我心里也比以前有了更为深厚的内容。也正是在这个过程中,孕育出《人啊,人!》的主题和人物。[2]毫无疑问,青年问题与历史记忆是纠缠在一起的,如何重塑"社会主义青年"很大程度上取决于如何书写历史以及如何重建新的现实联系,沉甸甸的历史不应该变成虚无主义的借口。

作为承载未来的形象,在《人啊,人!》中出现了憾憾(遗憾)、奚望(希望)等年轻的一代,憾憾忍不住慨叹:"为什么,历史首先压在我肩上的是包袱?"觉醒伴随着历史的重负,憾憾渴望父辈的和解与前行,她从何荆夫身上汲取了精神的力量,变得更加独立和坚强;奚望通过

---

[1] 戴厚英:《性格 命运 我的故事》,太白文艺出版社,1994年版,第146页。
[2] 同上书,第190页。

和奚流的勇敢辩论,展现了一个青春、自信和敢于创造的青年形象,给时代以新生的希望。套用王德威的一个题目"世事并不如烟"[1]——作为"后历史"之后的青年想象的一个概念,如何真诚地面对历史,汲取历史的教训和资源,面向未来,重建青年与时代的有机关联,是克服虚无主义与个人主义迷失的必然要求。虽然与王德威的问题取径并不完全一致,《人啊,人!》仍然敏锐地提出并回答了社会主义青年的历史挫折和主体重塑问题,或者至少对"最后的人"有了足够的警惕和批判,而何荆夫和其他饱含理想性的青年形象则大大丰富了新中国青年史的书写。

---

[1] 王德威:《世事(并不)如烟——"后历史"以后的文学叙事》,《文艺争鸣》2010年10月号。

碎裂的镜子

没有"连贯"情节的故事类似于拼贴式的蒙太奇诗学,它似乎更能逼近所谓"总体性"观念中的格式塔困境,如果我们已经习惯于程式化的拼图游戏,这反倒容易失去对完整世界的再构造能力,按照卢卡奇的说法,是某种"片面的主观遮挡了客观总体真理",这种矛盾性就像《秦腔》中插入的那个与小说看似毫无关联、名叫"一条线的故事"的漫画[1]

---

[1] 贾平凹:《秦腔》,作家出版社 2005 年 4 月第 1 版,第 511 页。

一样,它让贾平凹同时贡献了两个互相嘲弄的叙事样本以及构成它们的"总体性"诗学差异。于是,"我们如何叙述乡土"变成了一个歧义不断的问题,因为那种《秦腔》的"拉杂"故事似乎已然完成了对乡土史与政治全景的"总体化"抽离,返身消溶于碎裂的经验中,抗拒再一次被集中召唤。但事情好像还不是这么简单,我们分明又发现《秦腔》仍然在不停地暗示那种伤感情绪,这是一个关于农村行将消亡的叙事,以结婚始而以丧礼终的故事模式仍然可以将各种被遗忘的鸡零狗碎再次"总体化"——故乡和清风街都无法逃脱"城市化"或"现代性"的笼罩性观念,因而这个故事还是具有强大的观念总括能力——它传达出了我们时代的真实痛楚,那种压抑的、躁狂的、精神分裂和悲剧式的集体感受。相比较单向度的连贯故事,《秦腔》所带来的暂时性的阅读挑战也只能算作一种叙事结构的过渡类型——或者称"一条线"与"一块碑子"的区别,是现代乡愁的复杂化展开,因而它并不是艾丽泽贝特·塔克夫斯克所指的那种"无序"[1]的碎片状态,更确切地说,它不可能代替、命名或对应所谓"碎片化的现实",我们看到的碎片仅仅是被无所不在的"社会隐藏运作"生产出的碎片。因此,我们多少有些提前预支了那种后现代式的说法,为剧变中的乡土过早赋予了"碎片式"的新

---

[1] 波兰学者艾丽泽贝特·塔克夫斯克所指的那种"无序"是"一种特定的限于创造的原初状态。这种状态以所有元素的流动性、无定型性、不确定性、无差异性和整体的混乱为特征"。在无序中,"变化是永恒的",这种状态在它们的勾画者(还有观察者和学习者)眼中就显得不清晰、模糊、不可预见。引自[英]齐格蒙特·鲍曼:《生活在碎片之中——论后现代道德》,学林出版社 2002 年 10 月第 1 版,第 4 页。

总体性。与其说乡土已经破碎,不如说是那面映照"现实"的诗学之镜早已碎裂,如王光东所言,是观念主体的"历史意识出现了裂痕,不再有着完整的内在逻辑,对于充满了生机和混乱的现实,在价值判断上呈现出茫然和困惑"。[1]作为一种诗学试验形式,《秦腔》率先对我们完成了那种无法把握现实"碎片"的恐惧感的揭示:从此以后——在讲述乡土时,我们将无所凭依。

然而,不能被"总体化"的现实未始不是抵抗观念强制的契机,从而解放所谓的"地方性"讲述能力,但我对于这个假设基本是绝望的。始于鲁迅式实践的现代中国乡土文学几乎从来没能获得真正的地方属性——当然,这是由于"中国问题"的根本性限定,也正是因为如此,周作人所勾画的那种"忠于地"的自在乡土观很难抗拒各种普遍观念的压制,我们已通过废名等作家的实践中充分检验了这种无法克服的矛盾性。除了"民族—国家"观念的基本形制之外,现代传播体系实际上也作为"看不见的手"发挥了关键的作用,即使地方性的写作与"民族—国家"共同体并没有直接的符号性关联,但在现代汉语出版体系以及现代传媒作为意识形态编码工具的作用下,它们仍然可以以"多样性"身份确立在整个文化体系中的角色,为共同体修辞所征用。由传媒所奠基的现代文化使一种"超地方性"的共同体话语或者"全球文化"占据了支配性的合法地位,并同时生产出了观看这种幻景的"总体

---

[1] 王光东:《乡土世界:文学表达的新因素》,《文学评论》,2007年第4期。

性"方法,那些关于衰败、迁移、漫游、无处栖居、异乡人的符号和情节其实都不是外在于这种"总体性"的新玩意儿,而是被分配的关键"角色",它对"地方性"的征用、区隔、贬黜等一系列操作发生在隐匿的"普遍化"进程内——而真正的"地方性"写作应恰恰相反。"地方性"也许是一个讲述的起点,但是并不存在普遍性的地方性,"此处是他乡"——一处地方对我而言是乡土,对别人而言可能是异域,"地方性"意味着差异性和非均质性,所谓"地方性"颇像维特根斯坦所说的"家族类似","地方性"写作是无论如何也无法提前规划的,它多少应该生产出一些逆向的、离散化的经验,或者是美学上的诧异,而不是某种"总体性"或本质论可有可无的注脚。也正是因为如此,我们之前过分凭依的诗学总体化路径(包括"怀乡"叙事、田园诗学、失乐园叙事、荒野诗学、英雄传奇、革命话语、"家族—历史"叙事、讽喻诗学等一众谱系)在理论上都将逐渐丧失对于经验世界的"格式塔"能力,变成乡土诗学再构造过程中的经验化对象和片断性主体,我们外在于乡土,随同"地方性"一起加速碎裂和物化,结果显而易见——甚至连"乡土"这个命题本身也已经成为了悬疑,痛楚的经验几乎成了挽留自我同一性、克服断裂的唯一路径,可是,经验本身也已经是断裂的,"一条线的故事"首先遭到了经验自身的抵制。

在民族现代化的过程中,一方面"现实"的乡土被不断地贬黜、抑制和瓦解,以技术和功利为标志的现代性取向使人背离了传统生存的根性,人与自然的关系越来越隔膜,现代人因此而变得无家可归;另一方面，文学的乡土成为"真实"存在的想象性替代，诗变成了回忆和怀念故乡的形式，共同体文化在传播图景中被虚幻的修辞方式重构。卢卡奇已经在提醒我们，作为观念的"总体性"——那种无所不包、自然和人"相与为一"的状态已经被现代性粉碎，揭穿观念、符号与"现实"的同一性幻象已不太成为问题，但破除观念的迷信和统治却不是件容易的事，因为我们不难发现，与一个世纪前周作人疑虑的"凌空的生活"还是那么相似，观念性生产总是以神奇的速度赶超"地上的经验"，以至于大家都有些惶惶然唯恐失语的焦虑——这倒是非常具有戏剧性和讽刺性的时刻，作家和理论家们总该理解为什么乡土发不出自己的声音来了。作为一种诗学实践，也许是断片式的、精神分裂式的、顽固的乡土经验写作反倒有可能突破"总体性"幻象的笼罩，提供一种"反镜像"本质和寓言的形式，它不能只被看作是反抗，而更应该是一种人间生存的原点和起始。

新乡土写作"新"在何处

以经典化的乡土文学叙事传统作为基本参照,所谓新乡土写作或新乡土文学在当代文学发展过程中曾多次出现,其中既有作家群体的主动探索和学界的自觉命名,也不乏名过其实的符号化包装,学界目前对新乡土写作之"新"的把握与设定仍然存在着诸多差异性内涵,综合来看有以下几种方式:

1. 因应当代乡土社会转型提出新乡土写作。当代乡土社会转型包括改革开放初期以包产到户为主要内容的农村改革、1990 年代市场化全面启动和城市化加速所引发的农民工进城,以及世纪之交开始的新农村建设等不同时期的乡土变革,新乡土写作对应着"新乡土"的深刻社会内涵:一种是新时期伊始"农村题材小说"转向"新乡土文学"之"新",主要强调其与过度意识形态化的农村题材小说相区分(孟繁华《百年中国的主流文学》,2009);一种是把1990年代中国全面融入世界经济体系看作一种新的现实主义状况,并由此重新构造了乡土小说的意识形态视野(刘复生《历史的转折与"新乡土小说"的意识形态》,2004);一种是针对快速城市化过程中产生的社会问题和价值断裂,乡土文学所表现出的积极回应和新的美学特质(雷达《从"乡土中国"到"城乡中国"》,2015)。2. 从作家代际赓续的角度来定义新乡土写作。在文学批评实践中,新乡土写作也往往作为文学新世代的命名方式出现,比如将新乡土写作的作者定位于那些"出生于上世纪70年代到90年代,具有短暂的乡村生活经验,在改革开放后以城市为中心的教育体制中成长,经历过'进城'的困难,已经在精神上或者物质上嵌入城市"的青年作家,这些作家在乡土写作中所呈现的新变在于能够"卸载上几代乡土写作中超重的部分",从而具有一种"相对自然主义的视野"(项静《年度话题"新乡土写作"》,2016)。3. 从文学范式的更新来把握新乡土写作。以《秦腔》《受活》《泥鳅》等为代表,新世纪乡土小说呈现出了"分裂的历史意识与碎片化现实"、"细节化的叙述方式"等新特点——与之前乡土写作中的启蒙或浪漫主义倾向明显不同,"碎片化"表征了先前的叙事模式已无法把握新的城乡剧变,这在某种程度上也意味着主流作家已经很难"整体性"地理解社会现实并赋予未来的想象(王光东《"乡土世界"文学表达的新因素》,2007)。

捕捉当代尤其是进入新世纪以来乡土写作新的文学特质,不能排除整个城乡结构和文化生产机制的根本变化这一现实性基础,在这个基础上,乡土写作的叙事空间、伦理模式和美学范式都呈现出了重要的转换特征,只是这些特征能否充分支撑乡土文学的新境界、新阶段似乎仍待辨析。陈思和将新世纪文学第一个十年比作一个"中年危机"的阶段,在这个阶段中一方面是新媒体文学与主流作家文学有着鸿沟、隔膜以及潜在的对立情绪,另一方面,它包含了代际传承和反叛的冲突,这也是新世纪小说活力所在(陈思和《新世纪小说大系 2001—2010·总序》,2014),但是区别于网络文学、科幻小说等具有实验性质的文学形态,新世纪以来乡土写作相对滞后于时代的变迁也是一种客观状况,不断地"向后看"、"拆开来写"以及重复使用"诊断式"、"个人化"等等写作范式都没有带来真正意义上的文学新质,如何以清醒的历史意识和艺术自觉,深刻把握现实并超越现实,创造性地表达具有新的时代精神、时代内涵的文学典型与诗性可能,始终是对乡土写作提出的重大挑战。面对这样的时代背景和文学挑战,富于创造意识的新老乡土作家大都进行了新的富有价值的探索。

作为一名经典乡土文学作家,贾平凹从《秦腔》到《高兴》再到《带灯》,为新世纪以来的乡土书写提供了殊为难得的经验座标,我倾向于把《秦腔》看作是一种相对于以往元叙事的断裂形态,从"现实"的意义上来说，它以碎裂的表象隐喻了乡土社会溃散化的深层问题，而从诗学的意义上来理解，《秦腔》更像一首祭奠或哀怨的乡村挽歌，终结的现实转而以诗的形式还魂，这是乡土写作的深刻悖论和内在张力，这意味着一种新的乡土写作形态正在发育和成形。《高兴》相对于《秦腔》是叙事空间的延伸，它通过高兴们所生活的城中村将乡土空间挪移和嵌套进城市内部，深刻呈现了城乡流动过程中人间伦理和生命人格的扭曲变形，但是与一般描述打工者生活的写作不尽相同，贾平凹似乎仍然据守着一种返乡的姿态，而让高兴带着五富的尸骨回到了自己的故乡，《高兴》的诗学意义在于主人公强作"高兴"来应对厄运的那种反讽式悲剧性。在《带灯》中，贾平凹把很"社会化"和很"文学化"的两种文本形态糅合在一起——一方面鸡零狗碎，一方面阳春白雪，这两方面都推进到了它的形式极限，尽管看起来像两张皮，甚至有时会让人觉得带灯的文艺腔有些虚假，但我认为这种结构本身实际上就具有一种"现实性"：很文学化的东西介入现实并变成了现实，因为尘埃中的现实几乎所有人都可以体会得到，也就是带灯和乡亲们那种"超负荷"的生存状态，但是真正的现实主义关怀的是逆光照亮的现实，所以带灯信里的阳春白雪尽管很虚妄，但它本身也是一个净化机制，或者是始终忤逆现实的光亮，元天亮只不过是一个假托的倾诉对象，带灯的光到底还是自己的。其实《带灯》中那个夜空中飞舞的萤火虫最富有象征意味，它应该是贾平凹的一种执念，而且在《秦腔》中早已为它埋下了伏笔："我感激着故乡的水土，它使我如芦苇丛里的萤火虫，夜里自带了一盏灯,如满山遍野的棠棣花,鲜艳的颜色是自染的"(《秦腔·后记》),对于一个乡村观察者、建设者而言,它就像盗火的普罗米修斯,一个不断地探索、牺牲和受难的精神状态,所以这个故事隐含了"摸黑走路,带灯自明"的意思,也是在这个意义上,我认为相比较《秦腔》和《高兴》,《带灯》创造了更具有典范意义的乡土诗学形式。

年轻一代作家对乡土的体察与写作,近些年也呈现出一些新气象。以"非虚构"突入乡土写作的梁鸿通过《梁光正的光》在某种层面上也超越了现实主义的规定,更多聚焦于人的内部观照和农民的人格力量,相比较对象化的《中国在梁庄》和《出梁庄记》,我把《梁光正的光》看作是重新以"人的文学"来建构农民形象的有益探索。有人将其比作堂吉诃德,或者那个不断重复徒劳动作的西绪弗斯,我觉得还不是很恰当,因为在乡土语境中尽管可以渲染出那种生存的荒诞感,但实际上又不太可能给出一种个人主义式存在主义的精神回应,而更多是在《一句顶一万句》或者《万家诉讼》中都能看到的那种农民式的执拗,如果不是批判现实主义的写法,它在效果上反倒传达出一种喜感。相比较那些由外部悖论关系所引发的行动惯性,梁光正身上的荒诞性不是很明显,他的人格力量有了更充分的表达,这个农民是一个具有复杂的人性光谱的人,换句话说,他能动地、真实地活出了自己的光彩。回答梁光正自我建构的活法或那个"理",就会发现它是根本不同于由"存在"之思引发的行动逻辑,却仍然内在于中国式的家庭、人格状况和关系伦理,梁光正的生命能量主要焕发于感染影响他人的场域,而不合常理的爱情在肉身的意义上又终止了他的内面性深度,《梁光正的光》意味着一个既不等于五四启蒙主义,也不同于乡土英雄传奇和"新人"式想象的新乡土典型的出现,梁光正是内在于乡村又不失却其人性光彩的农民,这倒隐约地接通了周作人对乡土文艺的主张——即"忠于地",忠于地不是主张一种狭隘的地方主义,而是推重"地之力"、张扬"地之子"、探究"人之自然",这种新乡土写作恰恰不是"私人的"或"专属的",而是在乡土内部发现人自在与自为的可能,这种诗学形式与秦腔(地方文艺)、社戏(仪式)一样可以成为人类克服苦难和命运诅咒的一种生命光华,具有广泛的人类学经验基础。众里寻他千百度,新乡土写作之"新"或许不在乡土之外,而是就在自己脚下的土地上,那些在乡土写作中不断闪耀的生命光华,让我们仿佛感受到一种来自于乡土大地深处的新能量。

何以解乡愁:田园诗、思乡病与理想国

　　解释乡愁的本土起源,不能不涉及更具整体性的田园理想,农耕型田园理想强调土地、劳作与世代赓续的价值,"使民重死而不远徙",安土重迁、躬耕自食、讲修和睦构成了农耕文明的常态。相反地,包括入仕宦游、贬谪在内,任何形式的空间迁徙如征战、劳役、移民都构成了农耕文明的变态,正是在农耕文明的根基上,农事景象才被作为太平盛世的基本象征,田园将芜胡不归? 一个"归"字浓缩了乱治兴替的情势之中"铸剑为犁""卸甲归田"的民众吁求,我认为这才是农耕型田

园理想的文化基因，它是相对于动荡迁徙和无休止的征战牺牲而不断强化的乌托邦理想。但是相对于古典语境中与农耕文明具有内在统一性的田园理想和亲缘归依，现代人的故乡往往异化成了陌生的文化他者，在启蒙理性和经济理性的驱动下，现代人主动地背离乡土，置身于"自由的"但同时也是"无家可归"的普遍处境之中。由此而言，现代乡土文学具有一种断裂性的起源特征，即如鲁迅在《故乡》中所开启的叙事模式，此后的乡土书写大多在无情地宣告故乡的终结，所谓"侨寓文学的代表"，则意味着"居城之人"主动或被动地与故乡诀别——走异路、逃异地，寻求别样的人们，在这个"人"的前方有个新的世界在不停地发出召唤，启蒙视野下的故乡变成了柏拉图笔下的幽暗洞穴，"辛苦麻木"的闰土们无异于那些将幻觉误作真实世界的"囚徒"，原来与"我"休戚相关、血肉联系的空间逐渐异质化、荒诞化，"我"这个返乡之人，已无法再适应洞穴中的黑暗——或者就像那个让人窒息、昏睡的铁屋子，"呐喊"以感性的强度揭示了现代人的悖谬处境。

中国人的乡愁是一种甜蜜的痛楚

故乡的一片肃杀气象具有现代乡愁的原型特征，在现代文学的历史中我们可以看到大量类似的荒野化乡土书写，小说的叙事时间往往开始于肥沃的田野而终结于凋敝破败的荒村。当然，我们也可以认为这种叙事模式具有强大的现实支撑,即确认乡村社会凋敝、败落是小说叙事的现实主义前提,这个前提包含了从经济基础、阶层构造到意义链条的多层次断裂,文学中的叙事时间与历史趋势在根本上是一致的,乡愁与记忆本身就是一种浓缩了现代知识构造的无意识,乡土之所以被当作"过去",是因为它已不具有任何"未来性",而在现代性的叙事中,只有那些具有未来性的东西才真正具有意义。与美国 18 世纪以来的文学将荒野视为奠基理想国的希望所在根本不同,荒野化的中国乡村属于现代性时间秩序下被遗弃的一端,这意味着我们文化母体中的大部分都已经被废黜,各种类型的乡土书写中所渗透的"终结意识"宣告了一种新的历史与神话的起源。

但是弥漫在新文学故乡记忆中的悲情或者感伤,也并不能完全当作乡土现实的"真实"投射,在《故乡》中,对于"悲凉"的荒村感受,主人公有这样一段独白:"我所记得的故乡全不如此。我的故乡好得多了。但要我记起他的美丽,说出他的佳处来,却又没有影像,没有言辞了。仿佛也就如此。于是我自己解释说:故乡本也如此,——虽然没有进步,也未必有如我所感的悲凉,这只是我自己心情的改变罢了,因为我这次回乡,本没有什么好心绪。"这种言说或许也还意味着,在乡愁的社会性维度之外,主体的情感状况仍然具有决定性的指向,这种"心情"不是来自于作为记忆原型的童年感知,而是更多具有个人主义的"内面性"特征,就其感伤的情绪特征而言,它和"自叙传"小说一样,是主体内在矛盾的外显。

现代乡愁本质上是一种流动性经验的表达和失去文化根柢的隐痛，这种乡土情感往往兼具甜蜜和痛楚两种矛盾性的极限特征，说甜蜜，是指一种来自身体感知与经验本原的乡土依恋，就像鲁迅在《朝花夕拾》中对于一草一木的鲜活记忆，它隐秘地延续了古典田园的自然世界和生命理解；说痛楚，则是偏重于一种严酷的现实抉择，在现代化的主导观念中，乡土意味着一个必须告别的他者、一个必然凋敝、衰亡、终结的文化原型，那个礼俗约束、耕读传家、子孙继替的传统型共同体终将让位于自由个体更为普遍性的再组织，"家"以及与此相适应的文化意识及社会建制在现代化进程中变成了首要破除的障碍：小农生产方式已经严重阻碍经济发展而必须根本革除，乡村的未来就是城市。除了那个作为文化地理空间的乡土在时代变迁的巨流中常常被无情地抹除以外，连乡愁本身也连带承袭了一种戚怨的宿命，这是个已经讲了一百年的"乡愁"故事：一个关于乡村败坏、失落并终结的历史叙事，如果不是主动的断裂或遗弃，至少也是一种悲情或者感伤，它在不断地被书写的同时，也在不断地被贬抑。

经过不断的现代化改造，包括乡土认知本身都已经成为一种"现代知识"，表面上是乡土经验的东西，其实极可能是现代主体的一种"新感觉"、一种被重新陌生化的地方美学或者流动性经验，那么这种现实性并不具有一般意义上的社会内容，而更应该被当作一种主体镜像或者美学范式。齐格蒙特·鲍曼把现代社会想象为一种液体形态，认为现代性是一个从起点就已经开始的"液化"(liquefaction)的进程，摆脱旧秩序加在新秩序创建者身上的枷锁和负担,使其从家常义务和严密的道德责任体系的羁绊和桎梏中解放出来。在鲍曼的理路上,一方面现代社会的个体比任何时候都更自由,另一方面,商品关系和交换的法则已经牢固树立,变成了新的统治秩序,所谓的告别传统的枷锁纵然意味着主体的解放,但新世界中何尝没有更深的压抑性牢笼?在普遍流动的现代处境中时时泛起的乡愁并不必然意味着回复乡村的过往,或许也包含着抗拒异化的可能,它提示了现代性观念的限度。在现代化过程中,无数流动个体遭遇了肉身的有限性和浮士德式现代精神之间的深刻矛盾,在经济理性驱使下偿付了巨大的情感代价和"变态"牺牲,也正是在这个意义上,乡愁更多地具有了病理化的分裂性特征,因此往往被诊断为思乡病(homesick),它虽然在孤独、悲伤、心痛等情绪特征上与古典乡愁相仿,但难题在于它无法通过回家和返乡获得治疗。

现代乡愁不指向单向度的"返回",而是像"花园中的机器"那样充满了悖谬特征,田园理想中的净土、个体的内面性逃遁、工业时代的"进步"以及新的家国想象可能都是生产乡愁的驱动力。所谓"病理化"的乡土观照如若不能构成现代知识的反思自觉,则无异于一条附加的锁链,试图将乡土牢牢锁定在凝固的时间秩序之中,而排除了它更为丰富的文化生存内涵。随着启蒙运动的落潮,伦理处境和政治抉择这两者又很容易在民族危机下获得高度统一,乡愁往往最终演化成普泛性的民族国家的文化想象——一个在腐朽的胎质里羽化重生的民族神话,这种结果或者可看作是病理学乡愁获得某种治疗:个人主义的内面性反转成集体观念,在家国同构的深层形制里,乡土情感亦顺畅地转化为国家认同观念,所谓文化乡愁其实就是现代乡愁的一种阶段性反转。

每个人心里都有一个乡土

然而对大部分经历迁徙流动的中国人而言,乡土并不是一种对象化的存在,而是肉身经验的真实组成,是我们情感的依存、精神生活的丰富来源,甚至是原初世界观的构造基础——每个人心里都有一个属于自己的乡土,所谓"个人化的乡土"也是成立的,真正的乡土经验应该具有丰富的差异。在认识论的意义上,感性经验的发生学不失为一种鲜活而有力地介入本土历史和现实的方法,聚焦于现代乡愁的情感与观念发生,其深度背景是文明的体系性变化,但是发生机制则更为复杂,除了从共同体(传统)到社会(现代)的离散——重组,还包括地方与国家、情感与理性、经验与自然等诸多张力性关系,"愁"体现的是主体矛盾性,而诉诸的"乡"则更为复杂化,已经远远超出了"束缚于土地的生存"的历史性框架,这也是今天在讨论乡土问题时容易产生歧义的地方:你的乡土和我的乡土不一样,有的说乡土衰败了,有的却说好得很;有的说不适应时代的就应该淘汰,有的说再这样下去肯定不行,等等,这导致乡土范畴在情感、理性与个人、地方、国家等多重维度上不停漂移,重新构造了乡土的时间和空间属性,甚至我们内在于其中的关系。不同的经验内容可能对应不同的问题和范畴,因此要深化乡土问题的讨论,就必须对乡土范畴进行基本的清理,在今天的知识语境中至少包括这样三种差异性的乡土范畴:

1. 现代分工体系下的农业和农村。现代社会中乡土现实问题的凸显主要是因为国家现代化和工业化、城市化所导致的传统危机,建基于农耕文明的礼法秩序受到根本性解构,农民不断离开土地转移成为市民、工人或流氓无产者,狭义的乡土仅指留守在土地上从事农业劳作的农民和在现代化压力下逐渐衰败的农村社会。所谓传统危机事实上仅是近代中国整体性危机的一个面相,近代以来中国的发展深处"人地矛盾""工农矛盾""城乡矛盾"的三大漩涡之中,其中人地矛盾又构成了后两个矛盾的发生基础,因为乡土中国要成功实现现代转型就要解决内卷化(即过密化)的问题——必须将过剩的农业人口从土地束缚中转移出来,这是基于中国自身危机所形成的历史理性,历史理性也是现实抉择的优先性,它具有特定的关联条件、现实合理性和国家理性的特征,但是众所周知,在国家体系建设、工业化原始积累和城市发展同时也出现了乡村资源被过度抽取、乡村精英大量流失的严重问题。比照世界上大多数国家的经验,农业都是国家补贴和保护的对象(农业涉及粮食主权和人的最基本需求,所以农业问题不是简单的经济问题,而必须是国家战略),但我们直到本世纪初才取消农业税,取消以后也没有明显的转好,因为积弊太深,而且新的问题又出来了。可以说，在改造乡村和发展城市这一点上，建国前后都受制于现代化意识形态，并未产生实质性的不同。毫无疑问，这样一种乡土至少在近代以来就不断受到冲击和破坏，在经济和社会结构中处于弱势的、被剥削、被征用的位置。受到现代知识框架的限制，乡土问题也往往被作为社会改造、生产方式演化的相同命题，对于农民的认知也存在着市场理性、道义小农及组织化可能的争论，类似"亚细亚生产方式"与"小农意识"等消极认知长期施加于农民身上，对于这些问题的反思需要长时段和连续性的历史观察；

2. 作为空间文化地理的故乡和乡村。这个乡土具有原始性的经验特征，贴近大地，与自然、劳作、家族有着密切的联系，并在此基础上形成地方性的生活文化形态和精神信仰，个体内在于地方，并具有地方共同体深刻印记。具体到不同的地区和历史时期，乡村内部有很大的分化，中国的乡村看起来千差万别，其实同时又具有很明显的文化共通性。费孝通用差序格局描述"乡土中国"的基本形制，尽管差序格局这一范畴只是指出了乡土社会在历史传统中儒家化的那一面，但也说明了乡村所具有的文化共性，它通过日常生活、宗族伦理和节庆、祭祀、交换等各种社会形式体现出来，在乡土变迁的过程中，地方经验与上层精英文化、国家力量之间有着非常复杂的博弈、结合方式，乡土也即意味着浓缩了丰富历史讯息的文化、政治样本。社会学家在观察村落的时候经常带着探究中国问题的整体视野，虽然在学理上微观的乡村如何能投射更具整体性的中国已经受到深刻质疑，不过，乡村毕竟不可能外在于国家的历史与政治，乡村既有可能基于在地生存形成民间性的文化网络，同时也会受到上层政治权力的渗透和塑造，两者之间存在着复杂的博弈和联系，即使简单看成为小传统与大传统的二元式关系也是不充分的。正与处理"中国"这个概念的历史性变动类似，乡土社会尽管是由在地性所主导形成，但是从来都不可能脱离开国家政治与世界体系的动态关联，乡土问题也仅仅是由乡土自身造成的问题，而处在一个普遍运动的历史构造之中；

3. 关乎生存本源的文明性存在。相比较传统－现代、地方－国家视角的有限性，文明史更重视连续性的文化描述和理解人类世界的人文尺度，比如年鉴学派就将文明视作包含着历史起源、核心价值与文化生命力等内容的人文总体，而且可以包括多样性的地方性知识，这种文明论更加重视无意识、日常结构、文化深层，认为结构是"那些不受疾风暴雨的影响而长期存在的东西"。葛兰言认为，乡土社会是古典与帝国时代的文明社会的起源，但中国历史文献多数发生于城市文明，且集中于记述城市文明的面貌，而乡土生活则意味着文明的民间起源和文化模式的连续性。应该承认，乡土生活表现了中华文明的基础生态和内在的恒常意义，对于这种恒常性我们否定、颠覆太多而认识、守护不足，结果就导致"人生无根蒂，飘如陌上尘"，今天日益丛林化的人间关系和价值失范就与群体内在法则的丧失有直接关系。当然在文明论的诸多观点中也不乏"文明的冲突"之类的主张，但是我更倾向于认为文明本身就是包含着理想生活想象的人类价值升华，文明应该高于一般性的生活文化，能够提供人类不断完善的趋向性，恰恰是文明性能够阻止人类的疯狂和自我毁灭，比如我们重新讲互惠、互助，倡导人类文化的差异共生、生态观和大同方案，就是从农耕文明到现代文明都可以贯通的思考，今天重新审视我们脚下的土地，并不是说一定要回去过古人那样的生活，而是不要那么粗暴地对待自己的生存根基。乡土社会具有丰富的宗教、制度、社会、经济和伦理的内容，我们再也不能把乡土社会简单当成一种"原始的"形态，它更绝非是现代性的简单对立面，而是现实生存的原初构成、包容性的文化母体、生生不息的内在动力，乡土文化是中华文明的基础性和根源性构成部分，它共时性、内生性地存在并作用于当下。

以上三个层面的乡土都可以统合于个体的经验感知，也就是说即使经由"个人化的乡土"也可能触及现实、文化与历史沉积等不同的面相，但范畴的析取和限定可以更有效地对应不同的问题取径，在处理个人化的乡土经验时要具有充分的理论自觉；除此之外，从地方到城市到国家，不同层面的文化认同都有可能借助乡土符号、乡土隐喻以及相关的一系列关系来进行表达，可以说，所谓乡土现实本身也是一种文化表征和知识构造的形式，媒介、舆论、共享性的情感、知识范式与叙事经验都是这个现实的组成部分，甚至从来都不存在一种仅仅作为治理对象的乡土现实，在表征性现实和经验性的乡土之间存在着丰富的张力，一旦到了表征化这一层面，其构造逻辑就发生了根本变化，虽然在我们的文化深层里有构造性的共享的一面，存在着共通的情感原型、心理模式,但也不能否认,在社会变迁进程中,社会关系正在经历激烈的重建,新旧矛盾、空间冲突和人际障碍等问题层出不穷,这些问题也构成了我们今天思考未来在地生存和共同体走向的现实出发点。

返乡,以及人间关系的重建

从整体上看,现代化启动以来人口主要是由乡村向城市流动,返乡往往只是精神上的表征,它与整个现代化意识形态并不是很兼容。在古典语境下,士人精英辞官回乡或者告老还乡,转而变身为乡绅,可以成为乡土社会重要的道德教化力量和权力协调者,是农耕文明内部的一种再平衡机制,但近代以来返乡所具有的传统观念基础基本上被解构掉了,《故乡》和《骆驼祥子》这两个与迁徙有关的故事隐含了中国社会现代化进程中两种主要的意识形态动力:一是国民性改造的进化论冲动;一是功利化的经济理性。《故乡》里的主人公返乡是为了与故乡告别,到故事的最后只剩下一个"孤身"的形象,这说明旧的共同体对他而言已经死掉了;而祥子把他的劳动本色和旧伦理、旧人格丢掉之后,则变成了一个可以出卖任何东西的市侩。如果问当下乡村的问题哪一个最严峻,答案会有很多,但是在挨饿问题已基本解决的情况下,最严峻的问题还是在社会关系重建和乡土生活意义的再生上,《故乡》和《骆驼祥子》的故事今天几乎都变成了现实,现在很多乡村年轻人自己觉得最好的生活还是电视上演的、城里人过的，青壮年都跑到城里去了，没办法的才留守，再靠农业体力劳动、过朴素的乡间生活自己都觉得很丢脸，父辈的那种勤劳朴实的品质没有了，守望相助、安贫乐道的传统也消失了，在旧的共同体已经基本瓦解、新的理性规范和德性尺度并没有有效地建立起来的情况下，民间社会迷信沉渣泛起、健康的文化生活相当匮乏，主流社会人格的构成更加功利化和"野蛮"化，但是这个问题也不是农民独有的，只是说个人主义、消费主义、功利主义的心态对农村和农民侵蚀很严重，这符合现代社会价值和精神危机的整体特征。

我们讲的乡土生活意义指的是一般人安身立命的内在价值依据，解决乡土生活的意义问题，并不能指望全面的市民化，而是需要一个更具普遍性的价值尺度，这个尺度既承认文明传承的基础价值，同时也包含人类生活的理想向度和人间关系的整体想象。乡土生活意义的丧失有诸多根源，比如长期的经济匮乏、相对于城市的弱势处境以及文化建设的欠账等等，从一个更深刻的历史构造中来看，克服激进现代性范式的文化断裂和历史虚无主义，推动社会融合和共同价值的确立对于城乡良性结合、互动具有关键价值。首先，我们需要警惕那种将乡村单纯作为剥夺与改造对象的现代化模式。假如还是将近代以来中国在国际竞争中的不利地位仅归因于农耕文明的保守性、将农民当作中国危机的替罪羊，现代化的目的不是为了乡村的发展而是从根本上取消甚至毁灭乡村，那么对于这样一种现代化意识形态要有足够的自觉反思。其次,具有区隔性的城乡二元模式也常常体现为知识资源分配状况:城市代表着理性秩序和美好生活的尺度,乡村则只是意味着陈旧的经验和社会冗余,它们分别对应着现代性时间序列上的未来和传统,与城市相关联的知识同时承担着超克乡村经验的使命,经验所具有的低级意义既在理性的统治秩序中被给定,也在城市化的自动程序中被赋形。雷蒙·威廉斯曾经提出,世界范围内城乡分离的状况实际上共同受制于城市进步主义的观念,从根本上还是服从于资本主义的市场逻辑,以此堂而皇之地维持对乡村和农业的贬低以及对"未开化和半开化"地区的压榨[1]。在很长一段时间,城乡二元既代表着物质生活的差距,也成为一种牢固的观念性统治,虽然今天的情况更为复杂,然而城乡一体化对普遍市场法则的强化是类似的,它对乡村不会是福音,这个时候差异性的乡村保护政策反倒是必要的,但是文化领域的城乡共通尺度并不能因为这种差异性而被取消。

乡土并不意味着是"反现代"的,如果说意识形态的现代化制造出了它的对立物,这句话倒是可以成立。现在理解乡土社会变成了越来越困难的事,我们既不了解乡土社会的历史和现实复杂性,即在乡土知识上是匮乏的;也对乡村缺乏同理心和包容性理解,即文化伦理上存在着严重的失衡,政治上的过度征用和符号领域的强制阐释也已经

────────

[1]【英】雷蒙·威廉斯:《乡村与城市》,北京,商务印书馆,2013年6月第1版,第405—412页。

与经验性现实严重脱节。今天的乡土社会已很难再被简单地等同于"传统",而是一种具有地方性、混合性,处在不断的变迁进程中的生存样态,从流动性、媒介形态的文化构造以及更趋个人化的主导观念、更具有工业化特征的农业生产等角度而言,今天乡土社会甚至具备了诸多典型的现代性特征,我们今天遇到的很多问题并不全是所谓传统的错误,也包括那些在现代化过程中新生成的问题,在历史和现实的重重累积中,需要调整观察的视角,以更为复杂的社会观察和人性描述来进入乡村,更多地关注变迁中的人本身、还原普遍的价值尺度:一方面不能再把农民当成二等公民、继续维持区别性的国民待遇,而必须要为城乡居民提供均等的基本公共服务和社会保障,极力破除那种构造不平等代际传递的社会壁垒;另一方面不能把农民当作劳动力商品和治理的数字对象,否定和取消农民的情感、家庭和基本欲求等人性权利,在这个意义上,还有必要重申人道主义的遗产。关于人的问题,当然也不能仅仅局限于个人主义的单一路径,立足于深厚的本土根基,我们还有德性之人、与自然万物和谐共存之人、互助互惠的人间等各种"人道"想象,这对于克服现代以来工具理性与功利主义迷失仍然具有启发性意义。作为动态构造的现代人的精神返乡是一种追寻个体生命的完整性和本原性的过程,可以看作一种反思性的文化母题,它能够接续"地之子"的肉身感知、重新发现活生生的文化源流;同时也有助于回归"常道",并重建人与其生活世界的普遍联系。

从"关系性"到整体的诗学

正是基于乡土社会植根深厚的文化土壤,必须深刻地了解过去,才能清晰地辨识现在,想象未来。在乡土研究中既需要具有深刻的历史意识和广阔的视野,对近代以来的世界秩序、全球市场分配体系和现代性时序构造有主动的反思,同时尤其要强调一种基于本土自觉的肉身在场,从具体经验入手展开理解和实践,努力将他者化的乡土从历史和现实的重压下解放出来,乡土诗学亦即意味着言说的主体认同及其可能性问题,也恰恰是基于这一判断,乡土情感才能够被作为自我认识的起源和一种普遍知识的胎质。

按照最新的统计数据,中国的城市常住人口比例已经接近57%,城乡人口结构已经整体上发生了反转,人口结构反转的背后是农耕文明和工商业文明之间的系统性演替基本完成,公共社会形态由传统习俗和德性规约向综合性的社会治理进行整体转换,虽然这个变化过程从现代化启动以来就在持续发生了,但是今天的社会形态已经具有了充分的现代特性,乡土传统则更为隐匿化,流动性与单子化给当代生存和社会治理带来更多的挑战,仅从空间分立的意义上来界定城市和乡村显然是不充分的,我们需要一种更具整体性的观察视野和更贴近城乡互动关系的理论方法,聚焦于"关系"研究主要包括三个层面的考量:首先,关系体现的是方法论意义上的整体观。作为方法论的整体观,就是需要把城市和乡村联系起来、打通来看,观察城市的时候不能离开乡村,观察乡村时也越来越离不开城市,二者存在着互为条件的逻辑性关联和共生关系,而且在原型城乡之间存在着大量的过渡类型;其次,关系是一种构造,"构造"是认识论意义上的发生学分析。在城乡研究中一方面需要"回到粗糙的地面",注重地方性的经验研究,另一方面还要重视长时段观察与变迁维度,厘清基本的历史前提和普遍性的动力构造,把握好主要关系和次要关系、表层现象和深层结构;再次,关系是一种伦理。在城乡研究中不能回避价值判断,文化关系本质上是意义关系,是建基于"人与人""人与物""人与自然"一系列关系的社会形态和人间秩序,小到单位和社区,大到国家与人类共同体,都会涉及传统、认同和理想判断,基本诉求就是如何构建共通的、包容性的人间关系。

乡土研究已经进入了一个新阶段,在普遍的联系和社会动态变迁中考察和思考乡土问题是一个必然的趋势,当然,不同学科视角的介入并不必然带来研究上的"整体观",不同学科知识话语也存在着方法论整合的难题,其中包括:专业诉求的差异——目的是治理还是批判;价值理性的差异——经济理性还是德性本位;表征性断裂——符号领域和(自然性)经验的分离,这些指向其实已经超出了狭隘的学科分立,涉及整个当代社会的内在分化,基于强烈的现实关切和历史意识,在乡土研究一直贯穿着这样一个追问:我们到底要创造一个什么样的新世界? 这个问题的确很难回答,更很难"整体性"地进行回答。丹尼尔·贝尔对当代社会的分立冲突和多原则支配有着清醒的认识,"经济、政治和文化三个领域各自拥有相互矛盾的轴心原则:掌管经济的是效益(efficiency)原则,决定政治运转的是平等(equality)原则,而引导文化的是自我实现(或自我满足)(self－realization or self－gratification)原则"[1]。问题的关键不在于我们能否照搬丹尼尔·贝尔对西方资本主义危机描述,而在于除了"现实"利益格局的分化以外,"文化"作为表征性现实也越来越成为斗争与争夺的领域,随着全球化市场体系的不断扩展,1990年代以来的中国社会在不同方向上呈现出断裂性紧张,文化与市场、政治原则的分离也成为了一种全球状况,在这样一种全球背景下,文化不一致的问题需要给予充分重视。所谓"文化不一致"指的是文化生产与空间生产、主体意识的多层次错位,但是相比较文化工业与资本、权力的亲密媾和,错位也蕴含了抵抗和创造的新可能。

丹尼尔·贝尔认为西方社会在整体性文化秩序消散之后,现代主义接管了文化领域的统治权,这导致了个人主义的大行其道,与贝尔描述的这个维度不同,我们在文化领域中仍然存有天下主义、大同思想和当代社会主义实践等诸多历史遗产,这是抗衡全面资本主义化的有生力量,也是构筑理想国的基石,如果在城市生活中容纳乡村文化传统因素,而不是盲目比附超级大都会,可以使我们的城市发展具有

---

[1] 丹尼尔·贝尔:《资本主义文化矛盾》,北京,三联书店,1989年5月第1版,第42页。

更大的包容力和成长性；今天返乡和逆城市化成为文化领域的重要议题，这是乡愁文学仍然繁盛的很重要的社会背景，引起广泛共鸣的返乡故事实际上呈现了城乡之间在精神上的紧密连带关系，这不仅仅是指时间或空间上的穿越，还通向一个深层的共享结构和共同想象。鉴于乡土写作在现代中国文学的生成和发展中占有着无可替代的位置，乡土文化构成了汉语文学重要的精神和审美资源，那些具有丰富乡土经验和深刻洞察力的作家事实上也在通过诗学语言来表达对社会、文化和人生的理解，从故乡田园到存在的大地，从幽暗洞穴到未来理想国，这些乡土原型蕴含着多层次的价值诉求，是与中国人的现实遭遇及未来想象紧密联系在一起的乡土之诗。所谓文学性或者诗性是活跃在现实场域中的构造性能力，其实所有的文本包括科学文本都不可避免地包含虚构、修辞和想象，在文学与生活世界之间存在着一个巨大、幽暗的混合地带，这使得"文学－社会学"具有了充分的现实基础，研究诗学活动在其间的存在形式与功能、寻求和激活一种能动的力量，被称为"文化－社会诗学"——它也是实践和行动的诗学。诗学研究和实践要充分重视诗性和富有感召力、超验性的艺术形式，以生存诗性回应当代人的生存困境，以此重建个人与生活世界之间鲜活、有机的联结。

后记

  兜兜转转,从博士论文选择做乡土研究开始,我的学术兴趣似乎就再也没有离开过"乡土"问题,而且随着年岁的增长,有些志趣或者本原性的东西——比如那种乡土的根基和自然的同情,也可能更加稳定。如果要为此寻找一个恰当的学术起点,可以说,是陈思和与王光东两位老师对民间问题的系统阐发,为原初只对乡土生活持有一种感性直观的我厚植了方法论的基础。

  这些文字的片段是近 10 年来我个人学术道路的阶段性记录,它有助于我对此前的文字工作进行回顾和清理，如果没有这种"翻箱底"的暂时回望，在这个匆忙的时代，很多写过的东西大概早就被遗忘了；这同时也是检视自己成长的过程，那些文辞的粗糙与断裂，也在提醒我不断磨砺自己思考的极限。

这些文章或部分章节曾在《当代作家评论》《文艺争鸣》《探索与争鸣》《杭州师范大学学报》《东岳论丛》《中国当代文学研究》《书城》以及《中国社会科学报》等刊物发表，收入本书时又做了简单的修订，在此向以上刊物的编辑同仁表示感谢。

在成书的过程中复旦大学金理兄和上海文艺出版社胡远行、林雅琳编辑均给予了宝贵的支持和协助，也致以诚挚谢意。

图书在版编目（CIP）数据

民间的诗学/杨位俭著. -- 上海：上海文艺出版社，2021
（微光·青年批评家集丛. 第三辑）
ISBN 978-7-5321-7866-7
Ⅰ.①民… Ⅱ.①杨… Ⅲ.①诗学－研究 Ⅳ.①I052
中国版本图书馆CIP数据核字(2020)第253250号

发 行 人：毕　胜
策 划 人：金　理
责任编辑：林雅琳
封面设计：胡斌工作室

书　　名：民间的诗学
作　　者：杨位俭
出　　版：上海世纪出版集团　上海文艺出版社
地　　址：上海市绍兴路7号　200020
发　　行：上海文艺出版社发行中心
　　　　　上海市绍兴路50号　200020　www.ewen.co
印　　刷：崇明裕安印刷厂
开　　本：890×1240　1/32
印　　张：7.125
插　　页：2
字　　数：159,000
印　　次：2021年6月第1版　2021年6月第1次印刷
ＩＳＢＮ：978-7-5321-7866-7/Ⅰ·6240
定　　价：46.00元
告 读 者：如发现本书有质量问题请与印刷厂质量科联系　T: 021-59404766